异乡的恩典

袁宝艳作品集

袁宝艳 / 著

黄河出版传媒集团

阳光出版社

图书在版编目（CIP）数据

异乡的恩典：袁宝艳作品集 / 袁宝艳著. -- 银川：
阳光出版社，2024. 10. -- ISBN 978-7-5525-7524-8

Ⅰ . I267

中国国家版本馆CIP数据核字第2024ZK5446号

异乡的恩典：袁宝艳作品集　　　　袁宝艳　著

责任编辑　赵　倩
封面设计　赵　倩
责任印制　岳建宁

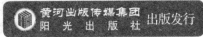

出 版 人　薛文斌
地　　址　宁夏银川市北京东路139号出版大厦（750001）
网　　址　http：//www.ygchbs.com
网上书店　http：//shop129132959.taobao.com
电子信箱　yangguangchubanshe@163.com
邮购电话　0951-5014139
经　　销　全国新华书店
印刷装订　宁夏凤鸣彩印广告有限公司
印刷委托书号　（宁）0031060

开　　本　880 mm×1230 mm　1/16
印　　张　6.5
字　　数　130千字
版　　次　2024年10月第1版
印　　次　2024年10月第1次印刷
书　　号　ISBN 978-7-5525-7524-8
定　　价　48.00元

我喜欢你风烟俱净的样子

/ 张廷珍

　　每个人心里都有一个自己的故乡，不一定是出生地，也不一定是籍贯，也可能不是生活的地方，那只是一个情感的密码，生命的密码，不需要破译，懂得并珍惜就好了。一个人从一个地方到另一个地方，而很多时候对于读书人来讲，书本可能就是他们内心的故乡。用文字絮絮叨叨地诉说着对整个世界的爱与忧伤，说着不对外人说的知心话语，说着迷茫与伤悲，太多的话只有对着书本这个故乡说才觉得畅快，思念才具有某种津津有味的意义。袁宝艳以文字爱着亲人，爱着生活，爱着阅读与写字，爱着山川河流，无论艰辛和苦难，无论任何时候，她的爱一直没有停止。我想，那份恩典是她所有爱的原动力，她要用文字重新创造一个自己，重建一个她心目中的故乡，她笔下质朴的文字像粮食一样无声无息，也在无声无息间丰盈了世界万物。

袁宝艳的人间烟火是亲情、爱情、师生情、故乡情，和其他人的情感没有区别，但她与别人的文字表达不同的地方就是她的情感都是主动的，就像她主动地去靠近太阳，靠近温暖，传播温暖，制造温暖，她用这种主动的方式让自己成为走近阳光的人，同时，她在无形中成为一个人间小太阳，照亮并温暖他人。她自身散发的宁静与温暖，有一种古老的澄净的美，让人不忍辜负。

余华谈马原有一句话很特别，他说，没有一种生活是可惜的，也没有一种生活是不值得的，所有的生活都充满了财富，区别不过是你开采了还是没有开采。当我看懂了这句话以后，我才真正明白袁宝艳作品的意义。爱家乡也爱着养育自己的异乡，爱异乡的热炕，爱异乡温暖的那块煤，爱异乡贺兰山的野风，爱父母，爱花草树木，爱工作家庭……热爱，就是最好的故事。她是那么单纯，尽管已经过了单纯的年纪，可她的文字和心境还是那样醇厚、朴实，她笔下的异乡一副风烟俱净的样子。这份恩典是矿山给予的，那个叫贺兰山的有黑色煤炭的地方。这个世界就是这样美好，因为一个个汉字，一份真挚的情感，一句暖心的话语，天涯海角都是咫尺。今天，当人们离自然越来越远了，与过去越来越陌生，离真情实感越来越有距离的时候，有一个人带着她自然的情感热度回忆过去，回忆人间真情，回忆那久远的岁月，并以自然舒展的方式诉说自己的思念，以直白的文字诉说着那一望无际的逝去岁月，我在感动之余有些惶惶不安，她笔下的父母兄妹，柴米油盐，山风雨雪，哪一样我都经历过，但我却似乎把这些生命中最为珍贵的东西淡忘了，无意有意中，渐渐地这些东西化为尘土随风飘散，成为渐行渐远的回望。

世间有一种宝玉，安于深深的矿藏之下，恒久地吸收着地气和日月精华，在长期沉默中有了自身的润度和纯度。袁宝艳之所以有今天的知名度，是由她的文字的纯度和她人品的纯正慢慢积攒起来的。她有一篇作品名字叫《父亲为我盖被子》，她平平淡淡地唠着家常，说着父母老年的生活，说着兄弟姐妹陪父母过年过节的事情。没有起伏也无波澜，和千万个家庭一样过着烟火气十足的日子。袁宝艳不动声色地讲述着她的家事，像是无意间提到父亲由于年迈患上了阿尔茨海默病，常常忘记随手关门关灯，甚至忘记了说笑，年轻时的父亲乐观、豁达，无论生活多么艰辛他都有说有笑。那天晚上，作者陪父母睡在了热炕上。睡意蒙眬中感觉有人给她盖被子，借着窗外节日里亮着的灯光，她看到了父亲佝偻着身子轻手轻脚地帮她盖被子，先盖上双脚，又将被子向上提了提给她盖上了后背，之后又给她掖了掖被角，那一晚她躺在被窝里难以入眠。这就是父亲，他即便是忘记了全世界，但仍记得自己的孩子。看到这里，我实在难以抑制自己，一股热流在眼中窜来窜去没有止住。袁宝艳在给我们讲故事时，也诉说着她内心的爱。她一直在默默地表达，用爱和这个世界交流、沟通。袁宝艳的作品没有大场面、大动荡、大描写、大情感，全是一些细碎的小情小爱，可就是这些看似零碎的文字，读后会让人心头一热，觉得生活是如此美好，值得好好活着，人间是如此值得来一回。袁宝艳就有这样的才能，读她的文章让人觉得故事中的凉水都特别甘甜。有一天，如果我感觉不到幸福和自然温暖的人性，就读读袁宝艳的那份朴实的幸福，淘洗一下自己，一定会很喜悦的。许多时候，她的作品写的大多是老矿山和老事物，并辅以浓烈真挚的情感底色，采用朴实的书写风格一气呵成，读她的作品没有陈旧的感觉，还会不自觉地陷入到她的情感之中，与她一起时而快乐，时而悲伤，甚至会以她的情感回忆自己的过往，让自己的情感汇入袁宝艳情感的河流。

因为袁宝艳的文字，贺兰山腹地的矿山也有了生动的气息变得深沉厚重起来。"父亲于20世纪60年代中期响应号召从山东来到西北，在原宁夏石炭井矿务局乌兰煤矿参加工作，直到退休。"袁宝艳在很多文章的开头都喜欢用这句话，在编辑书籍的过程中真的不忍心改去这种开头，那是她对异乡最为执着的表达方式。在这千丝万缕的情感中，她的情感表达都是主动的，这是袁宝艳文字真正打动人的地方。而主动的表达方式往往是需要作者具备丰沛的情感才可以为之，这是她和她的作品的价值所在。主动情感向来是爱的一方发自内心，发乎真情实感的主动，她在异乡用爱安放这些情感，这是一场奔赴的恩典。何为好文字，什么是该珍惜的，这样的文字这样的情感就是。从上帝的视角来看，故乡有父母，有兄弟姐妹，故乡和异乡之间路途有多远？从来也没有想过这样的问题，但在袁宝艳的文字里，我只是发现了一个人，她的温暖和坚持，看到一个孩子在父母劳碌不停的时候，她默默地关好门窗，擦亮玻璃，看着阳光照进屋子，照亮房前屋后的树木花草，看着这一切，那个孩子甜甜的笑了。

越是平淡越接近生活本身。袁宝艳的作品有许多细节可以记住，可以反刍，值得细细品味。她的内心装满了生活的纯净水，她借助文字的力量在春天慢慢倾出，让这种快乐与春风一起洋溢在世界的各个角落。我愿意做她文字的知音。2023 年秋天，我与袁宝艳第一次见面是在中环大厦的星巴克咖啡厅。我们俩是文字先于本人相识。她先于我到咖啡厅，当我推开大门进去，我第一眼就认出她就是袁宝艳。那一刻，她与她的文字、她的山河、她的千军万马一下就对接上了。那一次也让我知道她和她的文字是互相辉映、相濡以沫、互相顾全的。透过她的文字看到是她内心的镜像和山水，她的人则有着这世间少有的天真和羞涩。那个下午，她代表着她的文字与我一起低声交谈，她身上那份熟悉的东西就是我曾经最珍贵的记忆。我们一起说着共同的矿山，说着生活里的酸甜苦辣，说着文字里的山高水长。就在这一次，我与她商议要把她那些散落的文章收拢在一起变成一本书。当做出这样一个决定时，我与她一样，既高兴还兴奋但又惴惴不安，她总觉得是自己的孩子还不够优秀不够成熟却毅然决然要把这些文字嫁出去。

袁宝艳这个人说话和她的文字一样，看似细密，却懂得留白。当我在为她的文字做序时，我才知道，这份留白原来是留给读者的，留给她文字的知音。与往事会面，是为了心安理得地告别。我安慰不了自己，于是，在袁宝艳文字里试水，感知这异乡的恩典，享受故乡的那份恩典。读袁宝艳的作品有一种感觉：天黑得很慢很慢，阳光很明亮却一点儿也不刺眼。有一天，就算这个世界只剩下物质，有时候闻闻温暖的文字也很好。

我想起一句话：随喜。这句话平淡且入心。

是为序。

2024 年 6 月于银川逸园

目录 CONTENTS

第一辑　书香伴我

目录 CONTENTS

目录 CONTENTS

第五辑 他山之玉

第一辑　书香伴我

最美的遇见

与书结缘，读书成为我一生最美的遇见。

正是这种遇见，让我在很多时候身披知识和智慧的铠甲，不畏艰辛，不惧风雨，"一蓑烟雨任平生""也无风雨也无晴"。

回首来时路，从少小读书开始，最后走上教书、写书的道路，那些与书为伴、以书为友的日子充实而恬淡，清新而美好。

"书山有路勤为径，学海无涯苦作舟。"读书很苦。

初中时我转学到老家鲁西南的一所乡办中心学校，在那里寄宿。初一那年，春天的一节早读，我因困倦，注意力不集中，该背的课文《木兰诗》没有背下来，老师用小木棍打了我的左手。早读下课，老师罚我抄写两遍《木兰诗》。上午我都不敢懈怠，一有时间就赶紧抄课文。中午放学时，我把作业交给老师，老师问我背会没有，我说还没有。"不许吃午饭，下午放学来找我背！""不吃就不吃，还有好几个小时呢，谁还背不会。"

我错了。一下午的课，每科老师在课堂上都会提问，我听课时不能开小差，也不敢开小差。因为要跟上各科老师的节奏，所以在课堂上就没有时间背课文。下午课间休息，我只上了一趟厕所，其他时间都在背课文。一想到要给语文老师单独背课文，既紧张又害怕。下午放学后，终于还是没有背会，右手被打了两个手板后灰溜溜地回到教室。

"课文内容是有前后顺序和逻辑关系的，讲的是一个故事，你理清思路再背。""要养成会读书的好习惯，眼到、心到、手到，记住了没？"按照老师的指点，我草草吃过晚饭后，一个人坐在教室里点上煤油灯，边写边背。学校统一送电后，教室里的电灯亮了，所有学生都坐到各自座位上开始上晚自习时，我去找老师，告诉他我背会了。老师挑了其中一段，让我默写，结果我连一个标点符号都没有写错。

对于矿区孩子来讲，冬天家里有火炉，教室里有暖气，只有在室外才觉寒冷，而这所农村学校是没有任何取暖设施的。有阳光的时候，室外比教室和宿舍要暖和些，所以白天有阳光的时间就显得很宝贵，校园各个角落都有在用功读书的农村孩子。在山东的三年初中生活，教室里的温暖来自每个同学彼此的体温，真的是抱团取暖。冬天没有太阳的早读和点着煤油灯的晚自习，实在难熬。在刚回老家读初一的那年，也就是我在老家度过的第一个冬天，我的手、脚都生了冻疮。稍暖和时，冻伤的部位奇痒难耐。因为长时间在煤油灯下读书，我初三没有毕业就戴上了近视眼镜。

最难以忘怀的是十几个人同住的女生宿舍里，当你要睡觉时，你会看到有人点着煤油灯、披着衣服坐在被窝里看书；当你夜里突然惊醒时，那间宿舍里总还会有人在挑灯夜战；当你自认为起个大早，"三更灯火五更鸡"，学着她们的样子开始勤奋时，早已不知是谁点亮了暗夜里的第一盏煤油灯。看不清学姐们的脸庞，只有再熟悉不过的披着衣服、坐在被窝里背书的影子。而我专为求学而来，更应发奋苦读，我仿照这些学姐的样子，每天晚自习回到宿舍后都会坐在床上读书，实在读困了，睡会儿醒来再读。哪管宿舍墙壁四面漏风，纸糊的窗户上的大窟窿和小眼。不知不觉中，村里的公鸡打鸣报晓了，三个春、夏、秋、冬在日复一日的晨昏读书中很快度过。

这三年，我常给远在宁夏的父母写家书报平安，记录我在农村见闻和思念，通过这种方式，我锻炼了笔力，提高了写作能力。

高中三年，我在宁夏石炭井矿务局一中读书。高一时，正赶上矿区高中学校进行整合，石炭井矿务局内的所有读高中的矿工子弟都集中到局一中读书。高一年级有 10 个班，按成绩我被分到四个快班之一的 9 班。班主任和任课老师配得都很强，老师管教更是严格。我的理科学得不好，尤其是上物理课就像听天书，学起来很吃力。那些化学分子式、数学公式，一遍又一遍地写，练习本的正面用完了，就在背面写。

直到现在，我都清楚地记得，自那时起，右手握笔处开始磨出了茧子。

高二那一年我选择学文科，我从此养成了写日记和做读书笔记的好习惯。

文科班里盛行读名著，于是我想方设法从老师和同学处借来古今中外的文学名著和各种杂志。《读者》也是我从那时起就喜欢的刊物。每读到好的句子、段落以及不会背的古诗词，我都要摘抄下来，有时因为个人喜好，一整篇文章也会一字不漏、工工整整地抄写在笔记本上。我省吃俭用将父母给的生活费节约下来去买那种带塑料皮子、颜色好看且有插图的笔记本，在上面摘抄优美的字词句，是件很舒心、很快乐的事。不开心时静静翻阅这一本又一本的读书笔记，是种释然和解脱，更是种慰藉和鼓舞。

读书，是我作为教师最好的备课方式，更是奠定我教好书的坚实基础；读书，为我走上文学道路铺路，书籍更是激励我写出好文章的良师益友；读书，是我提升自身素养的途径，成为通往城市的通行证。

愿我周围的每个人"腹有诗书气自华"，愿我所生活的城市"最是书香能致远"，愿我遇见的每一个陌生人"书卷多情似故人，晨昏忧乐每相亲"。

读书，是我一生最美的遇见。

喜鹊的名片亮闪闪

　　春节前夕，大扫除擦玻璃时，猛然发现窗外十余米高的大树上有两只喜鹊叽叽喳喳、飞来飞去，叼着树枝在搭窝。自那日起，我一有时间就仔细观察它们造房子的整个过程。

　　小学课本里讲过，喜鹊是飞禽中有名的建筑师。寒号鸟因懒惰不造房子而冻死在寒冬；斑鸠自己不会筑巢，将自己下的蛋放进其他鸟类已经建好的巢里，让其他鸟类帮助孵化；记得小时候看见比我大的男学生掏喜鹊蛋的一幕，这些都强烈地引起我对喜鹊造窝的好奇。虽然行道树、绿化带和公园里的大树上到处可见稀疏散落的各种鸟巢，但喜鹊是如何造窝的还未曾目睹过。喜鹊造窝的那棵树距离我书房的窗不足十米，因我住在二楼，不用仰视就可以看到那两只忙来忙去的喜鹊都在干些啥。我将自家窗外有喜鹊造窝这件事告诉了办公室的同事、家人和亲朋好友，大家都鼓励我仔细看，好好写。为了满足大家的好奇心，更为了让年逾五十的我近距离接近自然，热爱生灵，我满口答应。

　　我事先做足了功课，购买了望远镜，还上网查看如何辨识雄雌喜鹊，开始对喜鹊每天造窝的工作进度做记录。

我仔细打量喜鹊选择造窝的这棵粗大的椿树，应该是我们刚搬进这个小区时，物业工作人员统一栽种的。一晃十几年过去了，小区绿了，树木密了，鸟的品种多了，一年365天，房前屋后各种鸟儿的欢唱声不绝于耳，城市的鸟语花香与我近在咫尺。不同树木高处有不同鸟类形状各异的窝，但让我如此近距离观察鸟类造窝，而且还是从有好名声的喜鹊开始，我满心欢喜。

一般情况下，每个工作日的中午我是不进书房的，但为了很好地观察喜鹊每天在什么时间造窝、造窝的进度，衔来的树枝粗细，长短搭配，两个小家伙如何将一根稍粗的树枝插入鸟窝底部等等，我每天中午都先用眼观察、再用望远镜细看。为了尽可能多地看到两只鸟的各种操作，我在厨房做饭的时候也常侧身转头，伸长脖子看着它俩忙活，以致老公说我"走火入魔"了。

"喜鹊同人类一样成双成对地生活，有了伴侣后，为了孕育后代，它们会建一个新房子。"我这样记录，"这一点与人类的正常家庭很像。成年了，到了娶妻生子、谈婚论嫁的年龄，就要有担当、有责任，喜鹊不啃老，自己白手起家。"老公感慨道。"真是难能可贵啊！这一点比现在许多年轻人总想不劳而获强许多。"

"雄性喜鹊会吹口哨，叫得欢，羽毛比雌性喜鹊更靓丽，个头要大一点儿，性格比雌性喜鹊活泼。它们造窝有明确分工，重活累活由雄性干，轻便的活雌性干。"我对朋友说，"性别有差异，让我们很直观地区分出雄雌，没有中性化或去性别化。"大家说起当下男孩子缺少阳刚气的现象，纷纷为喜鹊点了赞。

"喜鹊窝通常建在离地很高又粗壮的树枝上。地方选好后，喜鹊会先在窝的底部铺上粗大的树枝打底，就像人类造房子打地基一样，需要强有力的支撑。它们将很多树枝横七竖八地交织在一起，垒成一个椭圆形，房子的框架就搭好了。"我的教师同事听后说："喜鹊尚且知道打基础的重要性，这与孩子童年时代的养成教育无二，要抓住时机打好基础，养成良好品格和行为习惯，会让人受益一生。"

下班后，我拿着望远镜仔细观察，在日记中写道："框架搭好后，接下来，喜鹊从远处衔来泥土做内部装修，将泥土一点点塞进树枝的缝隙里，直到填满整个窝的漏风处。"我将看到的这一幕用微信分享给年过八旬的父母。"喜鹊做的这一步很重要，细节决定成败。人的一生由很多细节组成，注重细节的人，定会有一个圆满的收获。"我认同他们的说法。

"我看见喜鹊开始从远处叼来芦花、小草和其他鸟类的羽毛，还有从小区各处淘来的棉絮、碎布等软绵绵的东西，估计两只喜鹊在铺床和被子了。"同事和邻居都说："温暖精致的生活需要用心经营。"

我将这两个月自己看到太阳升起就干活、太阳落山才收工的喜鹊艰辛的造房过程说给正在事业上升期的孩子："喜鹊窝由椭圆形变成圆形，光是做框架和抹墙这两部分基建，已经耗去两个月的时间啦。""劳其筋骨，饿其体肤，厚积薄发，演绎了现实版的没有人能随随便便成功。"他们说。

"我看见喜鹊窝的门很隐蔽，没有朝天空开口，是为了防雨雪；不朝地上开口，一则是为了孵蛋方便，二则是为了防止鸟蛋被掏。不朝西开，也不朝北开，而是向偏东南的侧面开口，尽可能地减少我们西北地区的寒冷空气的影响。门很小，只能容一只喜鹊出入，这样一来，想打喜鹊主意的捕食者就不能进入。"这一发现让我惊叹，好聪明的喜鹊！"先有目标，再做规划，因地制宜，科学设计。""不惧风、不怕雨、不畏雪，穿自己的防弹衣，勇闯天涯。"我被朋友圈里大家的这些评论惊艳到。原来小小的喜鹊造窝这件事，竟能引发如此多的人生感悟！

喜鹊的造窝行动被大家高度认可，是它们用智慧、汗水和勤劳打造出这亮闪闪的名片！

看完喜鹊造窝才知道，有些看起来完美无缺的东西，正如周敦颐笔下的莲花，可远观而不可亵玩焉。期待喜鹊一家平安生活，期待喜鹊的好品格对我们人类有更多启发。

一段情的前世今生

父亲于 20 世纪 60 年代中期响应号召来到西北，在原宁夏石炭井矿务局乌兰煤矿参加工作，直到退休。我出生于乌兰煤矿，1990 年大学毕业后回到矿山，做了中学教师，服务于矿工子弟。1995 年嫁给了同是"煤二代"的矿工，成为新一代矿嫂。

与矿山千丝万缕的联系，怎一个情字了得。

乌兰煤矿曾作为原石炭井矿务局第一个高产高效机械化工作面，开创了全国煤炭行业大倾角、厚煤层、综采放顶煤的技术先河，被誉为"乌兰模式"。2002 年，丈夫所在综放工作面因采掘遇阻，进度缓慢，常加班加点，矿领导及综放队全体员工看在眼里急在心上。矿区中小学全体教师响应煤矿党委号召，由工会组织了几位丈夫在采掘一线的年轻教师深入井下开展送温暖慰问活动。

那是我作为矿嫂第一次看到丈夫的工作环境：低矮潮湿的巷道，不时有渗水从头顶滴下，深一脚浅一脚的路面时有铁轨和枕木阻隔。井巷深处机器轰鸣，矿工猫着腰铺轨架梁。长期被汗水和渗水浸湿、看不清本色的工作服里，只能看到矿灯下的一口白牙，分不清谁是谁的丈夫。艰苦的采掘工作面是我想象不到的。

正是有了这次井下的亲眼所见，我才努力活成好矿嫂的样子。在 5 岁儿子"晚上睡觉爸爸没下班，早晨醒来爸爸已经去上班"的抱怨声中，我为丈夫营造了一个温暖的大后方。2006 年，矿区学校移交政府，我的工作随即调往大武口。从那时起，我们便开始了长达 10 年的夫妻两地分居的生活。2008 年 12 月，随着乌兰煤矿 5757 炮采工作面的停止开采，结束了建矿以来 33 年的炮采生产历史，全部实现了采煤机械化。乌兰煤矿形成了"一综放、一综采、四综掘"的现代化生产格局，发展成为神华集团银北矿区最大的主焦煤生产基地。独居在矿区的丈夫一边生产一边空守着寂寞，我拿起了手中的笔，给丈夫写起了家书。"老公，你在哪？ 800 米井巷深处此刻你正挥汗如雨。我知道你是有责任的男人，没有我的日子你清苦着、期待着。月光下，多想牵你的手，依靠在你宽厚的胸前，听你缠绵的情话。虽已过中年，但我从未有过要保卫婚姻的危机。对于聚少离多的夫妻，时下正蔓延着一种瘟疫，可相互的信任与坚守让我每日阳光灿烂，你也青春依旧。老公，感谢你的一路相伴。此刻面对这轮圆月，我许下诺言，爱你永远，地老天荒。"

手持烟火以谋生，心怀诗意以谋爱。

虽离开了矿区，但我是名副其实的矿嫂。在两地分居的日子里，我们每天互通一次电话已成习惯，带着孩子翻山越岭坐上绿皮小火车回矿探亲也习以为常。世界上再美的风景，都不及回家的那段路，我怀揣着为丈夫而来的爱意，不在乎穿越绵绵山脉的苦。一路又一程的戈壁荒漠擦窗而过，穿越那长长短短的隧道，呼啸而来的柳暗花明，一花一草的装饰点缀，瞬间远去的桃红柳绿。火车上，我给儿子讲着他儿时骑在爸爸脖子上跋山涉水的故事；讲着矿工们井下采煤的艰辛与劳动的快乐；讲着同一车厢邻近座位上李阿姨和矿工王叔叔的爱情故事……火车向北驶去，和儿子绵延一路的话语都关乎我作为矿嫂对矿山的情，对矿工的爱。

2012年秋，在政府和企业的支持下，给了矿工很多的优惠，作为矿工的父亲、弟弟，还有我的丈夫，每名矿工都享受到了经济适用房的高额补贴。家人们对从矿区平房搬迁到城市楼房这件事感慨颇多——带着对党、对地方政府和企业的感念，短时间内愉快地搬家住进了宽敞明亮的框架结构楼房。作为矿嫂，我经历了从土窑洞、平房到楼房的三次居住条件的跨越式改变，内心深处升腾的是对幸福生活的满足，对矿工生活步步高的真实感叹。

记得2020年深秋，我随丈夫去三亚疗养。此行，再次拉近了我作为矿嫂的宁煤情。

感动于宁煤员工的高素质。不得不佩服这些年过五旬的老员工多年来接受的企业文化教育——服从指挥、安全第一的严格的组织纪律，宁煤人的团队精神时时处处得以彰显。人生最好的旅行，就是在一个陌生的地方，发现一种久违的感动。

温暖来自同为宁煤人的团队。疗养人员分别来自宁煤集团旗下不同的单位、部门，他们都曾将火红的青春岁月交付煤矿，都曾为宁煤的今天洒下过汗水，都对矿山有着浓烈的热爱。虽身在三亚旅游，但心系宁煤，身离岗，心在位。矿山敦厚，小河轻浅，山川真诚，黄昏华美，乡音不改，故人亲切。在他们的世界中，遥远回望的还是那个被叫作宁煤的家园。在观光游览时，每个宁煤人，从内心深处都感念着集团的好：良好的居住环境，精心策划的旅游线路，悉心安排的每顿餐饭……这些无不凝结了宁煤集团决策者对员工的关爱和希望。美好的不只是风景，更有我作为矿嫂不老的心情。旅行最大的好处，不是看多美的风景，而是走着走着，在一个际遇下，重新认识了自己——我和宁煤不是渐行渐远，而是将她的温暖和美好铭记于心，终究宁煤情未了……

横平竖直的表白

年轻时喜欢苏芮的《牵手》这首歌，那是因为爱情，是因为美好爱情所折射出的甜蜜和光芒。"因为爱着你的爱，因为梦着你的梦，所以悲伤着你的悲伤，幸福着你的幸福。因为路过你的路，因为苦过你的苦，所以快乐着你的快乐，追逐着你的追逐。"优美的旋律常常萦绕于耳际，愉悦身心。

今天，当我不再年轻，当我做了 30 年的教育工作之后，这首歌的歌词再次打动了我，再次与我的心灵有了激烈的碰撞。歌词所诉说的美好关乎每一位教师，关乎每一个正从事这份职业的人，它唱出的正是这种心手相牵、爱你所爱、快乐着你的快乐的浓浓师生意，殷殷教育情。我的朋友圈里教师最多，我关注着他们每天柴米油盐，喜怒哀乐的日常，感受着他们三尺讲台上披星戴月的奔跑，亲历着他们风雨无阻的坚守。又到教师节，忍不住想向他们致以一位老教师最深情的表白。

幼儿园老师你真了不起！接送孩子进出幼儿园的家长比实际入园的小朋友多，每个幼儿都是全家人的宝，凝聚着家人全部的爱。让幼儿慢慢长大，逐渐融入社会，幼儿教师所作出的努力是你想象不到的。一段视频出现在我的朋友圈：小班的宝宝在跟着老师学习如何擦屁股，老师怎样操作才能达到最好的示范效果？老师穿戴整齐坐在小板凳上，老师臀部左右绑着两个吹起的气球，老师右手拿着手纸从后面在两只气球中间由下向上擦拭，边做动作边讲要领，一遍又一遍。一节不到 20 分钟的活动课，老师从不同角度重复着这个擦拭的过程，力图让每个小朋友都学会，以期养成良好的解便习惯。把简单的动作教给 20 多个坐在小板凳上的 3 岁的宝宝，要耐心、要面带微笑、要说话温和，这真的是种挑战。

自每个宝宝进入幼儿园的那一刻，老师便将孩子的小手攥在手心，教他系鞋带、教他吃净碗里的最后一粒米，教他跌倒后自己爬起来……幼儿园老师，你真的了不起。

小学老师我要为你点赞！横平竖直写好中国字，是小学阶段语文教师的教学任务。在我的朋友圈里，有位老师晒了给一个小学生批改的汉字书写作业。生字本上有学生写好的王、方、生等简单的几个汉字，老师用红笔演示了这几个字的笔顺、起笔、间隔、长短、占位及落笔的要点。小朋友用铅笔写的方块字与老师用红笔一笔一画地纠错痕迹，色彩对比鲜明。我一下子喜欢上了这位仔细、耐心和严谨的语文老师。汉字书写的良好习惯，可不就是这样在作业本上反复书写、纠错的过程中养成的吗？有这样一位老师教孩子写汉字，是所有家长内心的渴求和期盼吧？感谢所有像这位老师一样严格打基础，写好中国字的语文老师。

朋友圈里有位初中老师分享了一个让我感动的教育案例：班主任和一名很少说话、性格内向的男生一起参加校园劳动，男生不小心将重物砸在了班主任的食指上，老师疼得"啊"了一声。男生问老师怎么了，老师微笑着说脚崴了。"老师，我扶你走。""没关系，你去歇会儿吧。"殊不知老师的食指指甲已黑紫流血。第二天，这个男生看到班主任裹着纱布的食指，似乎意识到了什么。几天后，男生在日记中真实记录了和班主任一起劳动的场景，并写下了自己的感受。"善意的谎言，为一个做错事的孩子减轻了内心深处的不安……"在指甲慢慢脱落，长出新指甲的日子里，男生主动为老师拿教科书、擦黑板，微笑着与老师打招呼，渐渐学会用身体语言感染大家，性格活泼了许多。暑假过后，班主任的指甲长好了，而男孩已经上了初三。他在日记里写道："新生的不只是指甲，我也长大了。"班主任，你春风化雨、润物无声的教育方式着实厉害！

每位老师在孩子们成长的路上都做好了充分的准备，给他们甘霖，导航人生，成就其梦想。所有孩子的爱，所有孩子的梦，每个学生的快乐，每个学生的幸福，不都是老师心向光明全速奔跑的永恒动力吗？不就是老师披荆斩棘、一往无前、永不懈怠的追求吗？不就是老师"桃李不言，下自成蹊"

的毕生理想吗？老师的爱心，是一泓清泉，荡涤世间的尘埃；老师的关怀，是一缕阳光，扫净心灵的阴霾；老师的教育，是一股暖流，丰盈孩子的心田。

你的一生在书里

自古而今，书里不乏对好老师的赞美和评价。教我初中数学的孙留德先生就是一位享有盛誉的好老师。

人间烟火，山河远阔。初中一年级我回到山东老家读书。那时，村里还没通电，学校的晚自习课上，每个孩子都拥有一盏专属的煤油灯。

每间教室里要坐 60 多个孩子，家在三里地范围内的学生都要在教室里上晚自习。当时，读书是农村孩子改变命运的唯一出路。晚自习上如萤灯火下，年少稚气的脸棱角分明，眉目有山河，清澈明朗；心中有丘壑，一往无前。一本因式分解的数学习题集，虽没了封面，内页纸也发了黄，上下书角卷曲破损，但不影响同学之间转借，我抄完题再给你的学习画面时时处处可见，耳边传来孙老师"谁做的习题多，谁见的类型就多，谁就会在考场上不慌"的教导。昏暗的煤油灯下只听见老师说话的声音，却看不清老师是在哪位同学的桌前讲话。这一幕，让每个学子有了熬过万丈孤独、藏下星辰大海的无穷动力。教室里尽是懂得柴米油盐来之不易，懂得父母每月将粮食交给学校的期盼，懂得改变命运要靠自己勤奋刻苦的少年，那这间教室可就不一般了，一定会有穿云破雾后东升的太阳，一定会有智慧碰撞后升腾的火焰，一定会有苦其心志、劳其筋骨后成长的才俊。

冬天没有取暖设施的偌大教室里，晚自习上冻得人伸不出手，我们看不清孙老师站在讲台上的神情，却能听见老师告诉我们"双手抄在袖筒里，用右手在左臂和左手背上一样可以演题"的教诲。直到今天，我还保留有严冬时袖筒里写字做重点记忆的习惯。

孙老师，40多岁，大个子，课堂上常挽着裤腿，一看就是刚干农活回来直接到教室上课。我坐在前排，常看见孙老师在黑板上写字的手带着泥土。他一年四季从不戴帽子，寸头，头发黑，脸更黑，古铜色的皮肤看上去特别健康。他看似粗犷的外表下，深藏着一颗细腻纯真的心，有他的呵护，学生就会时刻被安全、温暖所环绕。

那是一个深秋，地里的辣椒已停止生长。白天踩好点，我和一个来自黑龙江鹤岗的同学晚上钻进了老师宿舍后的一片辣椒地。趁着月色，我俩摸黑各撸了半书包还未长大的辣椒。第二天一大早，我俩分别用大海碗将辣椒腌制，当天晚上我们就拿出来跟同宿舍的同学分吃了。"原来是你俩干的呀，那是孙老师家的。""你们咋知道是孙老师家的辣椒地？""我们看见孙老师了，天刚亮就在地里扶倒地的辣椒呢。你们弄倒好大一片啊！"

　　第三天中午，孙老师将满满一罐子腌制好的芥菜丝递到我手里。"周末无家可回，寄人篱下的生活我经历过。吃完瓶子给我，我再给你拿。"孙老师不仅没有批评我，还给我送咸菜，居然还说有下一次！捧着沉甸甸的芥菜丝罐头瓶子，我百感交集。对于一个13岁就远离父母，独自在外求学的少年，老师这样的举动，远胜千言万语的说教，再一次拉近了我和孙老师的距离——他蹩脚的山东话那么好听，他的因式分解课堂让我着迷，他不用圆规和三角板就能画出完美图形的数学课咋就那么精彩！"亲其师信其道"，我爱上了数学课。

　　初二那年夏天的一个中午，上了四节课的我们终于熬到中午吃饭的时候，都一窝蜂地挤到食堂的打饭窗口。不大的窗口前，多为初三年级的男生，个子很高，说着笑着，浑身散发着青春活力。后面排队的多为女同学，也是各种快乐自由，尽显天性。忽然，不知是谁的月经纸掉了出来，鲜红的、船形的，赫然仰面朝天躺在地上。有几个年龄大的女孩子羞红了脸快速远离了。所有的说笑戛然停止，连空气都凝固了。就在这时，一只大脚快速地踩在这个"丢人"的东西上，准确地封闭。是孙老师！他一动不动，站在那40分钟左右，直到所有学生都打上饭，离开食堂。

　　后来我们知道了是哪位女生遗落的，但当时她真是吓坏了。"非常感谢孙老师，是他让我避免了现场的尴尬。"

1995 年暑假，已经成为教师的我重返故乡，前去探望我的老师。年近六旬的孙老师仍坚持每天干农活，我们回忆起当年的故事。他问我，你也当老师了，遇有相同的问题，你是不是也会像我那样处理？我说，老师，我会。

"长大后我就成了你，才知道那间教室，放飞的是希望，守巢的总是你……"在我做教师的这些年，每当校园内发生同样的故事，我便总会想起母校，想起孙老师，"是你让我播下立志从教的种子"，"是你让我永葆班主任工作的热情"，"是你让我努力践行教师一生都在书里的箴言"。

想他，就打电话给他；想他，就表达我的感激；感谢孙老师，我何其有幸做了您的学生；感谢孙老师，在我做教师后仍能得到您的鼓励。80 多岁的孙老师在电话那头反复只说一句话——教书育人。孙老师，纵使山高水远，我也要一生将您妥藏。

女人花在读书中绽放

古人写了很多关于读书的经典诗词，随着时代的发展，被赋予了新的含义。关于读书教会女人如何陶冶自身，使自己心灵得到浸润，成了越来越多人的共识。

"腹有诗书气自华"。岁月流逝，容颜已改，芳华不再。但优雅的气质、古典的韵味，却是一道不朽的风景，永不褪色。读书的女人，有梦想、喜阳光、爱花草，懂得诗和远方，从而拥有了水的柔情、山的伟岸和四季常青。

"书中自有颜如玉"。"颜如玉"用来形容女子的美丽或代指美丽的女子。五官不精致、皮肤不白皙、身材不完美，这些先天不足，无法改变，但我们却可以通过读书来弥补。纯良、聪明何尝不是伴随终生的一种刻在骨子里的美丽？它散发着无可比拟的魅力。

"书中自有黄金屋"。任何时代都会有为物质而丧失自我的女人，攀附他人以获得财富。但从书中寻找答案的女人却深谙"华屋三间，住卧三尺，良田万亩，只享用一粟"的道理，她们不贪奢、不攀比、不追捧，为女人打开的每一页诗文都是通往世界的窗口，是使女人明智的财富。

"枕上诗书闲处好"。有个好的心情是多么重要的一件事！读书让女人谈吐不凡、气定神闲，言谈举止中尽显涵养与贤达，即便不施粉黛，骨子里也透出高贵与雍容，读书的女人是阳光下绽放的花蕊。她们有自信多情的眼眸，有不可复制的灿烂笑容。即使是做一顿餐饭，也会使烟火里传递出对生活的热爱与温度，于活色生香中斑斓。

"书卷多情似故人"。书卷好似多年的好友，无论清晨傍晚，还是忧愁快乐，总有它的陪伴。最好的时光中遇见一份好的爱情，是每个女人青春里的梦。书中自有那份唯美的礼物相赠，谈一场恋爱、寻觅梦中似曾相识的故人，是命运的安排，是上天的眷顾。读书，即是读你，山河远阔，烟火人间，无一是你，无一不是你。故人并没有与你擦肩而过，而是缘起一生，终于一世。

"万般皆下品，唯有读书高"。这是古人用来激励儿童勤奋学习，长大后求取功名的座右铭。古人读书主要是实现"修身齐家治国平天下"，而今，为国、为家、为己都需读书。女人读书和不读书，会有不同的人生，脚步无法丈量之地，文字可达、书籍亦会带你相遇。读书可提升女人的心灵境界和灵魂感悟，更是对生命经历的一种更高水准的期待。

"读书破万卷"。读万卷书是认识世界最快捷的方法。不读书的女人只能活一次，而读书的女人却可以在书中经历万千种人生。读万卷书的你，即便隐身远山，也会低调而有力，沉稳而豁达。唯有读万卷书，才能内心广阔，遇事游刃有余，才能历经千沟万壑处事不惊。当然，在"行万里路"时，心中有丘壑，眉目作山河，亦会步履更从容。

读书吧！让读书成为女人的生命保鲜剂。愿所有女人在书香的滋养中溢满芬芳，绽放得更加美丽、优雅。

我触摸到一座城的温度

20 世纪 60 年代至 21 世纪初，位于贺兰山腹地的石嘴山市石炭井矿务局百里矿区，居住着来自全国各地，支援三线建设，从煤海中开采光明的建设者。

多少年过去，那些刻骨铭心的矿山往事，都存放在了时光的角落。但无论过去多少年，一片霜叶、一帘月色、一阵雨声，都会撩开那尘封的光阴。1990 年夏，我大学毕业后又回到出生地石炭井矿务局乌兰煤矿，成为百里矿区的一名中学教师。1995 年嫁入同是煤矿工人的杨家。公公来自黑龙江，识文断字，是石炭井矿务局第一代建设者。我的丈夫在家排行老二，那时他已成为第二代煤矿工人，我也成为一名矿嫂。丈夫家中除公婆外，还有哥嫂一家四口以及一个弟弟和一个妹妹。

故事从 1997 年夏天开始。那时，矿区私有电话还未普及。暑假里的一天，上午 10 点左右，乌兰矿总机电话打到丈夫所在的井下，点名要丈夫接听。电话是从石炭井矿务局大峰矿总机打来的，问："你是杨某某的弟弟吗？"答："是。""昨天大峰矿暴发山洪，你大嫂被大水冲走，一天一夜过去了，到现在还没有找到。请安抚好你的父母。"

丈夫立即升井、洗澡、回家，同公婆吃完午饭后，说是想哥嫂和两个侄子了，要带他俩坐火车前往大峰煤矿的哥嫂家中探望。其间，我已将消息告诉了我的父母，我们一同坐火车来到大峰煤矿。大峰煤矿的领导、职工及家属自出事那刻起便沿着山洪走向一直寻找。其实，当时山洪冲走两人，其中一位胖大嫂被卡在了两块大石头中间，没有被洪水带走太远，保住了性命。而我大嫂因为身材瘦小，被洪水裹挟着带走。白天搜救时，家属们三五成群，沿着被洪水冲刷的山沟喊着大嫂的名字，搜遍每一块大石头四周；晚上，矿工们戴着矿灯，继续沿主干道拉网式一米一米推进、排查。我们一家人实实在在地看到了矿领导及职工、家属为寻找大嫂所作出的努力，很为之感动。就在我们家人抵达大峰煤矿的第二天傍晚，在距大峰煤矿百十里的泄洪沟内找到了被洪水撕扯得衣不蔽体、被山石划得满身伤口的大嫂的尸体。

大嫂的意外离世，对我们一家来说，无疑是晴天霹雳。大嫂来自河南，和她远嫁来此的姐姐一样，也做起了矿嫂。出事那年，大嫂刚满30岁，她的两个儿子一个7岁，一个3岁，小哥俩从此没有了妈。

大哥家一下塌了半边天。大哥仍要在大峰煤矿工作，两个年幼的孩子便跟随我们来到乌兰煤矿。那年，刚从煤矿退休在家的公公不得已又回矿上做了临时工，为的是多挣一份钱来养活这两个永失母爱的孩子。婆婆本来身体就不好，一家人生活起居的担子全压在了婆婆身上。

1998年冬，小姑子嫁给了乌兰煤矿来自辽宁老矿工的儿子，也成为一名矿嫂。1999年春，不幸再次降临到这个贫弱的矿工之家。公公下班回来做饭时，用右手拿菜刀两次都没拿起。这一幕刚好被迈进家门的我看见。紧接着公公的嘴开始歪斜，有口水流出。我曾听母亲讲过，脑血栓的表现就是这样。我二话没说，赶紧带上公公出门叫了辆出租车，一个小时后赶到了石炭井医院。还好，由于送得及时，没有造成偏瘫，但是留下了右边手脚行动不灵活的毛病。住院期间，公公单位和左邻右舍都赶到医院看望，给予我们一家人极大的心理安慰。出院后，公公不能再去挣钱了，此时婆婆也已病入膏肓，家中小叔子尚未娶妻，婆婆想在自己有生之年给小儿子成个家。于是，2000年元旦，在家人的共同努力下，小叔子完婚。

婆婆了结心事后，病情突然加重。我和丈夫便承担起照顾公婆和两个侄子的任务。2000年5月，在住院16天后，婆婆因心脏衰竭离世。彼时，大侄子上小学四年级，小侄子上一年级。一家人的生活跌到了谷底。那一年秋季开学，两个侄子转学到大峰煤矿读书，与再婚后的大哥生活在一起。学校为两个孩子减免了各项费用，直到他们初中毕业。

　　婆婆去世后，我和丈夫把半身不遂的公公接到我家共同生活。其间，公公多次住院，后又摔伤只能长期卧床。直到2016年5月公公病逝，享年82岁。在公公生病卧床的18年里，辗转到过石炭井医院、石嘴山市第五人民医院，所有门诊和住院费用，石嘴山市医疗保障局每年都及时报销，让我和丈夫没有因为报销手续和支付金额多打麻烦、多跑路，给予我们极大的帮助。

　　公公坚守煤矿60年，是石嘴山市石炭井矿务局下辖煤矿开采的第一车原煤外运的亲历者；丈夫井下开采30年，是开创全国煤炭行业大倾角、厚煤层、综采放顶煤技术先河的实践者；同我一样的万千矿嫂，是矿区创建"一综放、一综采、四综掘"现代化矿井的见证者。人人心中都有盏灯，强者经风不熄，弱者随风即灭。矿山人家经风历雨后的那盏灯，温暖暗夜，照亮前路。我们一家人，将心中的那盏灯燃烧成火炬，因爱锻造出打不倒、击不垮、自强不息的品质；我们一家人，面对苦难与疾病、命运与挑战、生存与死亡，因爱终与石嘴山不离不弃、深度融合，沽成强者；我们一家人，平凡得像散落在煤海中的一粒微尘，相互扶持，不懈奋斗，因爱上演了一个家庭与一座城市的双向奔赴；我们一家人，熬过20年里的万千苦难后，依然坚信尘埃里定会开出一朵花，因爱才有满天星光照亮胸膛，让我们坚守石嘴山，坚守自己的精神家园。我们一家是万千矿工扎根煤矿"献了青春献终身，献了终身献子孙"的家庭缩影。在如炬心灯的精神力量支持下，凝聚成满天星光，万千矿工散落在贺兰山中百里煤海，为建设西北、开采能源、发展经济贡献青春和全部的力量。

今天，常青树在，贺兰山在，辉煌岁月在，我在，我爱的石嘴山在。

奋斗的故事还在继续。

一个女教师的矿山素描

乡音难改，乡情难却。

虽然离开乌兰煤矿 15 年了，但对矿山的记忆，仍会在风和日丽的午后，翻阅老照片的那一刻重新拾起，也会在风高夜黑的半梦半醒中灵光乍现。40 年煤矿生活的点点滴滴总是那么深刻、那么清晰。矿山的女澡堂、火车站和电影院，我仍是赋予美好、心存感念、长相记忆的。感情深处熠熠闪光的是它，予我心灵慰藉的是它，勾起美好回忆的还是它。

对于煤矿女工们来说，每天下班后最舒服的事儿，莫过于痛痛快快地洗个热水澡，而澡堂就是最能赶走疲惫、缓解压力的地方。儿时记忆里，女职工澡堂是个能洗、能泡的大池子,原来里里外外用水泥抹的光面,早已因经年累月的侵蚀，变了模样。澡堂面积不大，管道老化，出水口经常被堵塞不能正常出水，且澡堂通风窗口小，空气质量差。澡堂外间随意摆放着几张长条椅，上面横七竖八地堆放着女工们脱下来的各式各样的衣裤。尽管如此，那里也是矿区女人最爱的地方之一。奶奶和妈妈们还会将尚未进入幼儿园的小男孩带进女澡堂，在那时，这种事见怪不怪。

20世纪90年代，我所在的煤矿正处于鼎盛时期。井下生产一线和辅助煤矿生产的其他工种矿工有近2000人，女工就有700多人，中小学、幼儿园教师还有百余人。女工们每天三班倒，矿里的女澡堂子夜里都有人在洗澡。每个周末，还会迎来上学的孩子和矿工家属，机器轰鸣、人声鼎沸。下班后的欢笑声、打招呼声、供暖设备的轰鸣声、水管的流水声，声声入耳，一个女澡堂就是一个煤矿大社会。

这一时期的女澡堂翻建了，很高很大，分前、中、后三间。从对开大门进去，第一间是独立的值班室，中间的房子是女工们的更衣间。盛放衣物的箱子上层放些拖鞋、洗漱用品和准备换洗的干净衣物以及化妆品、小镜子，下层放工作服，因为工作服每天工作时要穿，不能每天都清洗，上面煤尘、粉尘和汗渍混杂，有些潮湿，所以工作服和靴子单独放在这一层。这样上、下两层的更衣箱女工每人一个，一排排整齐码放在这一间。虽然更衣箱多，但每个都有编号，门上有锁，谁都找不错。最后面的一间就是洗澡堂，长方形，300平方米左右的样子。红砖砌就、瓷砖镶嵌的隔断分左右两侧，左侧7排，右侧5排，中间是近两米宽的过道。齐胸高的隔断贴着瓷砖，隔断顶部也铺了半尺宽的瓷砖，上面可摆放洗发水、沐浴露等个人洗护用品。洗澡水的水温可自行调控。在这间澡堂的最里面，还有两个浴缸，供有特殊需要的女工享用。无论窗外是冰天雪地、北风呼啸，还是蛙鸣蝉唱、月朗星稀，这里永远是最适合人体温度、最惬意舒心的所在，可以让女工们消除疲倦、恢复本真，在这里放飞心灵、回归生活的起点。

我没有做过煤矿女工，我毕业后在本矿唯一的中学当起了教师。因为是企业办学，所以全体女教师也同女工一样享受着在这里免费洗澡的待遇。我在澡堂里听到了生死离别、患难与共的家庭故事，听到了勤学技术、苦练本领、努力成才的励志故事，听到了邻里守望互助、充满人间大爱的烟火故事。

乌兰煤矿位于内蒙古阿拉善左旗呼鲁斯太镇，于1966年投产开采，呼鲁斯太火车站也于1966年建成，铁路线为素有"太西煤走廊"之称的平汝铁路的一部分，隶属兰州铁路局。呼鲁斯太火车站不仅承载着煤矿开采所需的原材料和机器设备的输入，还承载着1975年6月30日乌兰煤矿正式投产后煤炭外运的任务。虽然呼鲁斯太火车站为货运站，但7525次普客列车也路经此站。

与我打交道最多的就是这列每天上午11点前后经过呼鲁斯太站，下午两点左右再由汝箕沟车站返回银川经停的绿皮小火车。车站不大的候车室的墙壁上悬挂过不同历史时期的、手写或电子屏显示的列车时刻表，它记录着我们国家经济发展、科技进步的每一个坚实脚印，书写着矿区从投产建设到发展壮大的每一段历史，镌刻着矿区人爱矿爱家的深厚情怀。

锁定旧时光，拍摄慢镜头。

先说说买票窗口。候车室左侧有两个间隔一米多的买票窗口，成年人稍低头就可以通过这个半米见方的窗口同里面的售票员对话，女售票员们身着制服，说着地道的银川话，特别好听。火车票十几年都没涨价，从呼鲁斯太到大武口也就两元左右，所以从矿区出行的人都爱坐这列火车。排队购票时，就能判断出这些支援三线建设的建设者来自天南地北的哪个省份。他们操着不同口音，说着各自的家乡话，平日里，矿工和家属们由于住得分散，很难见面，排队买票时便用各种方言交流，但他们之间的沟通是那样的亲近。他们多半是东北人，偶有宁夏或内蒙古口音，应该是招工或嫁到此地的。

再说说绿皮火车。从这里出发到银川火车站，再换乘其他列车很是方便。我在外读书时，都是当日乘车，当日买票。火车票是硬纸板制作的，进站时检票人员在车票上剪个口。慢车、硬座火车没空调，因是短途火车，所以也不供应热水。夏天可以打开车窗通风，冬天便在车厢生个火炉子。两三个小时的车程，坐在车上听着"呜——呜——"的汽笛声和"哐当——哐当——"车轮与铁轨的撞击声，也是一种享受。时至今日，呼鲁斯太火车站依然保留着当年的百米站台、并行交织的铁轨、管护道房和信号灯,让人们仿佛又看到轰轰隆隆、咣当当的蒸汽火车,又听到翻山越岭穿越隧道时响起的汽笛声。

乌兰煤矿电影院坐落于生产区与办公区之间,落成于 20 世纪 70 年代初,后经维修改造,形成现在既可观影又可作舞台演出的模样。儿时记忆里,最早关于电影院的记忆发生在 1976 年,刚记事的我同大人们在这里一同缅怀毛主席。

70 年代末,每天只上半天课,很多矿工子弟因为没有零花钱,便想方设法钻进电影院。那时电影院不清场,巨大的屏幕滚动播放同一部电影。因为年纪小,印象最深的竟不是看电影本身,而是电影院里暗红色的硬板座椅、满地的爆米花和瓜子壳碎屑。

1980 年元旦,当时还是小学生的我参加了矿区的庆元旦文艺会演。在老师们的精心编排下,我参加的舞蹈《让我们荡起双桨》还获了奖,我人生中第一次站在电影院的舞台上。时至今日,42 年前,这张演出后珍贵的合影还在我影集里最显赫的位置散发着岁月的芬芳。照片中的一位老师早已故去,另一位老师身体尚好,不知道照片中当年充满稚气的小伙伴现在都在哪里?你们还好吗?

1990 年秋,我参加工作成为矿区学校一名光荣的人民教师。从那时起,全矿开展的各种团干比赛、青年知识竞赛、演讲比赛等的颁奖都会在电影院里举行,这也是我人生中登台亮相最多的所在。

除了一年一度庄严肃穆的全矿职工代表大会在这里召开，最热闹的莫过于原石炭井矿务局所辖的几个煤矿春节期间的交流展演。从大年初三开始，乌兰煤矿的文艺演出后，陆续有来自石炭井矿务局文工团和白芨沟煤矿，大峰煤矿，石炭井一、二、三矿的文艺队在电影院里演出。正月十五前，全矿职工家属都沉浸在幸福、祥和的节日气氛中。每到演出的那几天，电影院里便座无虚席。有一家人扶老携幼步行前来的，也有和邻里三五成群骑自行车来的。家属们带着孩子，衣服口袋里装满糖果、瓜子、核桃、柿饼子等各种吃食，来到影院后，小孩子们相互交换各家的吃食，有些小女孩还将各种花花绿绿的糖纸收集在一起。台上的节目是否精彩无关紧要，台下的各种交流、说笑才是亮点。

一个爱情故事，一座古老的电影院。通过看电影谈恋爱是很平常的事。升井后，青年矿工在澡堂子里洗完热水澡，换身干净整洁的衣服，骑上自行车，带着心爱的姑娘看一场电影，也是一种浪漫和幸福。若电影院里刚好放映的是关于爱情的影片，观影的矿区小年轻们也会随着故事中男女主人公的情感起伏，渐入佳境。

一根房梁，撑起岁月变迁；一段楼梯，见证人世浮沉；一片旧瓦，讲述陈年往事；一截旧木，感慨沧桑巨变。沉浸其中，所见、所闻、所思、所想，都是厚重的历史，一起构成了当时矿区人的精神文化家园。这座老式电影院承载着一代人的美好回忆。时至今日，每一个矿山人也都会被其散发出来的怀旧氛围所感染。

原来，记忆已在岁月中沉淀，成为一个女教师的矿山素描。

流淌在血脉里的深情

2006 年，我所在的煤矿学校移交大武口区政府管辖；2008 年秋，经组织统一分配，我来到吊庄移民的宁夏经济扶贫开发区隆湖一站学校任教。在那里我初次结识特岗教师，开始了与他们并肩同行的日子。

大武口区特岗教师招聘开始于 2007 年。那一年仅隆湖一站这所九年制学校就有 23 名特岗教师到岗。那个秋天，我和来自全国各地的优秀青年同住在六人一间的集体宿舍。

梦想是什么？梦想就是让你感到坚持就是幸福的东西，因为共同的梦想我们走到了一起。坚持，就要克服每天中午雷打不动一口大铁锅煮 60 碗面条的艰苦；就要克服冬天没有暖气，靠盖多条被子、用电取暖度过漫长冬夜；就要克服夜半寒风中打手电到 100 米外上厕所的无奈；就要克服炎炎夏日没有纱窗，忍受蚊虫叮咬的焦躁狼狈……好在食宿条件在一天天改善，心中对教育的理想在一天天实现。尽管我是住校教师中年龄较大者，但我们对教育的执着、对学生的关爱是相通的。我们彼此友善、相互激励；我们迎难而上，共同面对风雨。熬过万千痛苦后，终将藏下星辰大海。

有情有爱，有悲有喜，谓之常情。何况这是一群精力充沛、心怀梦想、敢为天下先的年轻人。大学校园常青树下的那对年轻人，由于彼此异地疏远了；思念远在他乡的爹娘，你们身体还好吗？想吃老妈的那一碗浆水面，想山坡上的那棵老槐树，想袅袅炊烟下散落的村庄。娇生惯养的小公主离开城市来到农村，漫天风沙且不说，校园内上千名师生使用的还是旱厕，受不了住校生活的艰苦想离开。因为初为人师，教学不得法，学生成绩差，班级管理难，还要在毒日头下骑自行车家访，想退缩……

时光如水，无言即大美；日子如莲，平凡即雅致。

梦想还有，青春还在。校园里还有你暗自喜欢的身影，还有那双看你时温柔的眼神；春天来时，你看到操场上一株萌芽的小草，在微风中正好奇地看着这个世界；那个从不交作业的小男孩终于用地道的方言向你说了一句"老师，给你一个枣子"——一枚饱满、红透了的大红枣落到你的手心；校领导听完你的课后找你谈心，话语里满是鼓励和期望；电话的另一端你牵挂的那个远在家乡的人，声音依旧甜美有爱。生活明朗，万物可爱，校园值得，未来可期。

与特岗教师朝夕相处的日子里，看着年轻人在悲喜中快速成长，我满是欣喜。相信尘埃里定会开出那朵花，因为曾有满天星光照亮胸膛。

2010 年至 2016 年初，由于工作需要，我回到大武口区教体局做与特岗教师相关的管理工作，其间结识了很多特岗教师，从中感受到了这个群体聚集起来的磅礴力量。他们的到来，改变了隆湖片区农村教师队伍的学历、年龄和学科结构。他们除从事教书育人的神圣职责，还肩负着脱贫攻坚、参与村镇建设、推动乡村振兴的各项具体任务。正是这样一群年轻人，每天在乡村讲台默默开花，慢慢结果。

2016 年秋，我再次踏上隆湖一站学校的讲台。彼时，这里有特岗教师 51 人，教师平均年龄为 32 岁。全校 82 名教师中，这种结构充分显示出特岗教师已然成为教师队伍的主力军，他们在学校中层管理者中也占有相当比例。伴随特岗教师的专业成长，令我欣喜的不只是在崭新的操场上自由奔跑的学生，不只是排排教学楼里琅琅的读书声，不只是初出茅庐的"小老师"业已成长为教师资格面试的考官，更有教师周转房内配套厨卫的宽敞明亮、教师食堂每日两菜一汤的周到用心……

从隆德县移民至此的家长们反映，这些特岗教师学历高、专业能力强、知识面广。他们的到来，不仅提高了隆湖片区教育教学水平和课堂实效，也带动了农村学校教育教学质量的整体提升。

如今，我又做起了与特岗教师相关的服务工作，心心念念的还是这支向阳而生、花开满树，敢于在泥泞中跋涉、在暗夜里睁开双眼、在青春里不留遗憾、活得心安的特岗教师。

多年来，大武口区有特岗教师 731 人，能与他们携手并肩、结伴同行，让我感到无限欣喜。

这是一片阔地

相遇是前提，相识是过程，相知是深入，相爱是结果，相守是承诺。我与石嘴山市文联结缘的 15 年里，改变了旧我，重塑了新我。成长中的蜕变让我的思想、精神和灵魂发光、发亮，让我的人生因热爱文字而在阳光大道上阔步向前。

2007 年 10 月，我第一次给《贺兰山》投稿时，我打电话给编辑部咨询如何投稿，接电话的是马丽华老师，她说："按邮箱地址将稿件发过来就行，我会看。"过了几天，有个本市电话号码打来电话说石嘴山市文联创办的《贺兰山》是纯文学刊物，不收调研论文，随后我的邮箱里也收到相同内容的邮件。第一次感觉到石嘴山市文联这一社会团体还挺靠谱，电话和电子邮箱都有回复，没有让我产生石沉大海的感觉。第一次交往印象很好，我用心地记下了编辑部的电话，并要了马丽华老师的手机号——我还会向《贺兰山》投稿，投纯文学的稿件。

2009 年秋，我来到大武口区教体局工作，随着工作业务的逐渐扩大，与石嘴山市文联的各种接触越来越多。在书法、绘画进校园活动开展过程中，我与市文联很多同志多次接触后成了朋友。

在 2012 年书画进校园活动中，市文联组织市书画院的画家走进宁夏隆湖扶贫经济开发区四站小学。"哇！真好看，画家叔叔真厉害。"小学生们一边欣赏书画家们作画，一边交口称赞。艺术家们为乡村学校的孩子们带来了一堂丰富多彩的书画艺术课——这是我第一次与充满艺术气息的市文联书画院的同志近距离接触。那一次，市文联书画院的会员们还为孩子们送去了很多学习用具。

通过这次活动，我知道了石嘴山市文联在完成本职工作的同时，也帮扶乡村学校的孩子们，带他们进入艺术领域拓宽视野。

2012 年 5 月，我的一篇散文《创城路上　桑榆未晚　彩霞满天》在《石嘴山日报》刊发。我给市文联的马丽华老师打去电话，想让她再给我指点一二，看能否刊发在《贺兰山》上。电话中她不厌其烦地给予我多方面指导。我和她虽未曾见过面，但电话的那一端，马丽华老师多读书、读名著、勤练笔、要坚持的鼓励给了我太多的信心和动力。

随后的日子里，我与市文联、市作协大家庭里的许多文学爱好者和作家们成为笔友，曾多次一起采风，亲密接触。"投我以木瓜，报之欠琼琚。"在一起的日子，我们相互温暖，携手向前，彼此成就。

　　为弘扬中华优秀传统文化，提升学校美育教学水平，增强学生的审美情趣和人文素养，大武口区将戏曲教育纳入教育总体规划，并采取多项措施让"戏曲进校园"活动落地生根。传统戏曲文化在大武口区属城乡中小学蓬勃开展。2018年，石嘴山市第十一小学开设了京剧学唱班和京剧脸谱绘画班两个戏曲社团活动班，宁夏隆湖扶贫经济开发区四站小学成立了戏剧兴趣小组。石嘴山市第十一小学学生刘儒英分别在第二十四届、二十五届"中国少儿戏曲小梅花荟萃"表演中获京昆组"小梅花"称号。我想，这样的殊荣离不开单位的支持，离不开学校老师的努力，更离不开我们石嘴山市广大文艺工作者的辛勤付出。

　　内心有暖，情由心生——感谢石嘴山市文联的艺术家们对教育工作的鼎力支持，得以让传统文化艺术在小城石嘴山大放异彩。

　　因为几个人，爱上一座城，爱上石嘴山市文联。

　　2018年，石嘴山市的一次文学作品颁奖大会，也是一次石嘴山市文学写作爱好者的聚会，我又结识了陈勇、薛青峰、宋希元、常越等人。我们在一起讨论诗歌、散文，谈小说创作，点评几位本土作家的作品——具有相同爱好的灵魂很容易相互吸引，相互碰撞的火花也可形成燎原之势。至此，我与市文联的更多"码字"的人互加了微信，彼此关注，相互鼓励。这一年是我写文章最多的一年，也是我取得成绩最大的一年。

我由一名写作上的小学生成长为大武口区作协、石嘴山市作协和宁夏作协的会员；由只会讲零星小故事，只会写些日常小练笔的文学爱好者成长为本土作家；由只能记录矿区人生活的狭小地域范畴，到能真实书写小城山水和烟火人间的跨越，我从内心生发出对石嘴山市文联的感谢与感激。

日子如莲，平凡即至雅。岁月如画，恬静亦悠香。我想继续乘坐石嘴山市文联这艘大船，遨游在艺术之海；我想继续在石嘴山市文联这棵大树的绿荫下庇护成长；我想继续迎着石嘴山市文联的这缕东风，在阳光中自由奔跑，以时不我待、不负韶华、服务百姓，"咬定青山不放松"的精神，为繁荣石嘴山市文艺尽自己绵薄之力。

谨以此文献给石嘴山市文联。"长风破浪会有时，直挂云帆济沧海。"是我，一名石嘴山市文学爱好者送给她最美好的祝福。

一封永远寄不出的信

李老师：

又想您了。

知道您在天堂已经 32 年了，您在那里还好吧？每逢下大雨我都会想起您。今日，在我从教整 30 年的特殊日子里，我所在的宁夏，下了一场大雨。

思念如海，漫过心田。

1982 年，我回山东菏泽老家上中学，您是我的第一位语文老师。初见时，您 50 岁左右的样子，身高体瘦，手指关节特别粗，脚上的布鞋又长又肥，就连脸上的颧骨都比常人突出——当时我不懂，后来听说那是您多年严重的类风湿和积年累月吃药造成的。

第一节语文课上，您知道我不是本地人，便让我读生字，说我讲的是普通话，让同学们多与我交流，跟我学发音。但同学们却因我说话和他们不一样而叫我"宁夏娃"。

对于一个远离父母、千里求学、寄人篱下的 13 岁少年来说，没有亲人的陪伴，住校生活的不适，语言交流的障碍等都让我万分沮丧。在没有电灯的晚自习教室，是您教会了我如何使用煤油灯；一天至少要吃一顿玉米面窝头，让我难以下咽，是您从家里带来馒头，每天分给我半个；酷暑难耐的夜晚，蚊虫成群，是您帮我在宿舍立起了蚊帐……初到学校最艰难的前半个月，因为有您的帮助，才让我在最短的时间内适应了鲁西南农村学校的种种艰辛。

您不爱多说话，做事时总是步履缓慢。但在初一下学期，您话说得最多的一次是在全班同学面前大声地责罚我，我在早读时间趴在课桌上睡着了。那一次，您在讲桌上摔了语文书，敲了小木棍，还破天荒地走到我的座位上用巨大的拳头捶了我的后背。我永远忘不了全班同学惊奇的眼神，李老师偏向的那个"宁夏娃"终于挨批了；原来李老师可以一口气说那么多课以外的话；原来性格温和的"李老太太"也会发脾气（老师，请原谅，"李老太太"是同学们私底下给您起的绰号）。

严是爱，可我那时却不懂。这件事以后，我恨过您——我在您手工纳的布鞋底上插了五个图钉，就在您左脚鞋的后跟处。后来您发现了，讲课之前您对全班同学说，要谢谢那个怕我布鞋底磨破而给我偷偷"钉鞋掌"的人。我想您是知道做坏事的人是谁了，但您选择了原谅。

初一快结束的时候，山东发生了地震，震级不大，但学校要求所有住校学生统一住在大帐篷里。一个雨夜，女生帐篷漏雨了，我是住帐篷的女生里年龄最小的，姐姐们都将自己的铺盖迅速搬进教室，并找到课桌铺上铺盖，准备在教室里度过雨夜的时候，我还在先抱被子，再来拿褥子的搬运途中。落在帐篷里面的枕头、书籍、衣物都被雨水打湿了。慌乱中，我抱着褥子奔跑，摔倒在泥泞中，挣扎着想爬起来，但看到满是泥水的褥子还半摊开在雨中时，我急得大哭。是您迅速卷起地上的褥子，拉起我一路小跑进到教室，然后您又回到帐篷取回了我的其他物品。多年后，想起这件事，我还是不禁流下感激的泪水。我永远记得您的那句话：锦上添花易，雪中送炭难，希望你们都做雪中送炭的那个人。

在农村上完初中后，我回到宁夏，考上石炭井矿务局一中高中的重点班，高二时我选择了文科，一直是语文课代表。最大的缅怀，最深沉的爱，莫过于长大后，我将自己活成了您的样子。

1995年暑假，当我再次回到鲁西南，去当年的学校找您，想表达汇集在内心多年的感恩之情时，老师们却告诉我说您早在1988年就因风湿病去世了。说您病入膏肓时疼痛难忍，说您在最后的日子里体重不到百斤，说您去世时不到60岁……我无语、泪奔。

老师，原谅我从未给您写过一封信，从未对您表达过感激，也从未想让您知道初中毕业后我的所有情况……年少轻狂不知表达，不站讲台不懂教师，不到年龄不解师恩。

此刻，给您写下上面的话，只想告诉您：一个也许您都记不起姓名的，远在西北的学生想您了，在以书信的方式表达着对您深深的感激之情，尽管您永远也听不到、看不见了。时光若水，追忆即思念。

　　李达卿，我的恩师，您桃李天下，春晖四方，我会永远铭记您。

您的学生：袁宝艳

2020 年 8 月 29 日 雨中

我和书的亲密关系

一个人的故事会有很多，但有灵魂的故事，我想一定与书有关。

书，伴我走过晨钟暮鼓，唱出春花秋月，读懂落英缤纷。

书，让我遨游浩瀚海洋，穿越历史天空，感悟烽火硝烟。

书，引我漫步烟火人间，放歌舒适生活，赞誉盛世繁华。

我出生于 20 世纪 60 年代末的矿工家庭。冬季大雪封山后，矿工的生活就是下班后回到家里，踏踏实实地过"老婆孩子热炕头"的生活。父亲在没有来支援大西北前，曾在山东老家有过教书的经历，所以，父亲对那时数量很少、很难找到的书籍颇为珍惜。

70 年代中期，我和弟弟刚开始读小学，识字很少，对家里的书充满好奇，因为总能看到父亲在临睡前，躺在火炕上一个人翻看。在我和弟弟的再三央求下，父亲决定每晚睡觉前为我们读书。于是，昏黄的灯光下，母亲坐在炕边纳着鞋底、缝补着衣裤，我和两个弟弟依偎在父亲身边，听父亲读完《林海雪原》《红岩》，再读《沙家浜》《红色娘子军》。窗外，大雪纷飞，北风呼啸着抽打窗棂；室内，父亲用书中的故事带我们走过森林大海，见证荣光与伟大，崇敬牺牲与奉献。当时流行的红色书籍中很多英雄的故事我和弟弟都耳熟能详，机智神勇、保家卫国、为黎明而战的家国情怀根植于心。

感谢父亲，让我以听书的方式，为我系好人生的第一粒纽扣。

14岁时，我和弟弟从宁夏回到山东老家——一个贫穷的县城读初中。那时，老家尚未通电，晚上烧火、做饭、写作业还需要点煤油灯。三年的中学时光，我住过学校宿舍、寄宿过亲戚家中。关于想家这件事，躲得过歌舞升平的夜，却躲不过四下无人的街。每个周末看到同学离校回家与亲人团聚，心里便因想家而难过。于是，我就给父母写家书，一封又一封。信封二分钱，邮票八分钱，但信纸上的文字于父母、于我是无价的，"家书抵万金"大抵就是这个样子。每次收到父母来信，我都会找一个僻静的角落，见字如面，边读边悄悄落泪。父母的平安、家中的琐事犹如春雨，润泽心灵，滋养灵魂，慰藉着在外读书的少年的心。殷殷牵挂，句句深情，这样的家书，写了三年，读了三年，摞起来足有一米高。

感谢少年时代的清苦生活，让我物质贫困却精神富足，灵魂深处游走的尽是真诚、善良和美好。

抄写自己喜欢的文章，是我在大学里常做的事——宋词、单兵军事装备、好词好句、国家地理等内容都常出现在我的摘抄本上。印象最深的是我连续一周用课余时间抄写完了整本《采访与写作》。

抄书，能巩固知识、积累素材、帮助练字、增加阅读量，更重要的是还可以让我在写作时直接或间接用到摘抄中的文字。直到今天，保存下来的十几个摘抄本仍在我书柜的显眼位置，休闲时还常常翻阅，寻找年轻时的记忆，浏览过往发生的故事。

青年时代抄书的习惯我保留至今，很多抄写下来的内容也让我受益至今。那本并不太厚的《采访与写作》共计十六章，无论是我今天所从事的教师职业，还是在工作中常撰写的教育类新闻小稿，都受益于这本书。

抄书，让我在快乐中受益。

人到中年，唯有读书不可辜负。

庆幸自己从小就有藏书的癖好。所藏之书不多，当然教师的专业用书占有相当大的一部分，除此而外各类杂志和文学名著各占了一部分。年轻时喜欢新书，不喜折叠书页，若是书脊损毁或封面有划痕，便会心中不快。后来，随着书的价格越来越高，偶尔也会逛旧书摊买几本旧书。看到书中前任书主留下的字痕和画过的句子，还曾遐想过书的旧主人的样貌，揣摩过人家当时读此书的心境。

两个侄女偶尔来家翻看藏书。年轻人职场打拼并不容易，静坐时才能安享书中的趣味，让心灵得到升华和净化。所以她们来时，我便觉得幸福，她们的内心也可以得到放松，可以在字里行间享受纯净，想必这也是她们最难得的休闲时光。这些藏书，除了我，最大的受益者就是儿子。曾读到他初中和高中时写下的作文，藏书中的故事、唯美的语言都渗透到他的文章中。我想，这便是藏书存在的意义了。

有时独自坐在书房里环顾书架上的书，也偶有感叹：书其实也是有命运的，很多书经历过我的三次搬家，历经磨难依然在我身边不忍舍弃，而身着的衣物或饰品不知因搬家而丢弃过多少。从少年到中年，从一个地方到另一个地方，辗转于不同的城市，如今还在我的手边——我该是有多爱这些藏书。

风里有花香，手边有书香，人间值得。

清秋月下教师情

——写给聚少离多的爱人

亲爱的你：

结婚25年，两地分居整10载。

已近晚上十点，结束今天的全部工作，我长舒一口气。穿过长长的楼道走廊，沿校园小径一路走过。

月光洒下清辉，树影婆娑，斑驳陆离，花草静穆，一如我今晚的心情。如此皎洁的月光，我已经很久没有用心欣赏了。中秋满月之时，月圆如盘，亮如白昼，无云、无风，偶有几许杂音来自四野，瞬间消逝。想起朱先生那篇《荷塘月色》，感慨他的闲情，他的豁达。

夜幕下，整个世界都睡了，而我却在月下闲庭信步。操场上伫立的篮球架如守护校园的卫士，静默、庄严而尽职。沸腾了一天的校园也只有这时才像一个待嫁的女儿般羞涩、隐秘而端庄。放眼望去，一排排教学楼整齐列队，肩并肩。白日里的红砖绿瓦此时清辉一片，彩石铺就的小径也黯然失色。多少届学生读书求学的教室、多少名学子流星飞步走过的小径啊！该走的走了，应来的来了，一切那么自然，那么顺理成章。教师如候鸟，守望来年新到的雁群；教师如船夫，将一批批渡客送往理想的彼岸；教师如哨兵，风雨中坚守信念永恒的讲台。我想，这校舍、这小径同样有过教师的足迹。"天空中不留下痕迹，但我已飞过"便是他们的真实写照。前人走过，后来人正坚实地走在路上。

略带寒意的冷月，俯视一个又一个校园花坛。繁华已过，曾经的姹紫嫣红此时已凋谢、枯萎，可在月光下还能让人辨出昔日的粉白、绿肥与红瘦，它们明亮过、璀璨过，这样的一生也值得。

校园大门口是新近平整、硬化的宽阔之所，它威严且大气。极目四野，夜色阑珊，万家灯火。那盏盏橘黄的灯，是一个个温馨的所在。那灯下必有翘首望儿的老母，有手焙香茗等待晚归丈夫的贤妻，有辅导孩子学习功课的严父……

家是一条船，在漂流中有了亲情。老公，你在哪？我知道你是有责任的男人，八百米井巷深处，此刻你正挥汗如雨。然而，在如水月光下，我多想牵你的手，依靠在你宽厚的胸膛，听你缠绵的情话。

远方的儿子，有没有想家？学业继续得怎样？没有父母疼爱的日子，学会照顾自己，好吗？摔倒后爬起是成长的代价，我愿你步履日益坚实。

月光下的空旷和寂寞映衬着阳光下的欢腾与嬉戏。穿过修葺一新的车棚，白日里如银燕般奋飞的自行车，完成了今日穿梭的使命，正在温暖的屋檐下养精蓄锐，以备明早再度出发。多好的求学条件啊！遥想当年自己求学的艰辛，油然而生的是羡慕。"少年强则国强""优先发展教育""一个民族发展的灵魂是教育"……一个又一个响亮的口号萦绕耳际，让我这个做了近三十年教师的人，倍感激动。

夜深了，宿舍的灯光已熄。举头望月，月明如初，没有半点睡意。无星相伴的月，此刻该如我一般，平静且清醒。

我放慢脚步，悄悄走上宿舍的楼梯，恐惊扰睡梦中的同仁，愿他们的美梦延续……

这就是我此刻的心情，你还会担心吗？

愿平安顺意永相随！

爱人：燕子

2017 年 9 月 9 日

这里湖水和阳光都在微笑

　　定居在西北小城大武口区千汇小区这十三年来，我的晨练之路，经历了从"无可选择"到"精挑细选"的变化。

　　千汇小区位于森林公园大门口，我家从矿区平房搬迁至这里后，起初只能在小区内徒步锻炼，因为上班、上学的人很多，其他晨练项目根本施展不开，而晨练之地别无他选。

　　走出千汇小区的侧门就是布局雅致、匠心独具、风景秀丽的森林公园。在我搬来的第二年，森林公园开始免门票，进入森林公园晨练便成为我的首选。

　　崭新、整洁的健身步道两侧总有比蜜蜂还要勤劳的环卫工人大清早出来洒扫，让你感受大武口这座小城的通透与快意，给你一整天的好心情。很快，我相中了家门口的这块宝地，它成为我晨练的"新宠"。

　　每天清晨，我都要用脚步丈量森林公园的每一寸土地。春看林木生长，叶脉相连绵延数公里；夏品荷叶娉婷，田田荷叶翠绿如玉；秋赏花开成海，十里红叶引来万人打卡拍照；冬游雪落山岚，银装素裹大地斑斓。公园面积不大，但三季杨柳葱郁，百花盛开。朝霞中，乐曲萦绕，歌舞蹁跹处迎来一对相互搀扶的老两口；一个小伙子小心地推着轮椅走过，轮椅上坐着他双腿盖着毛巾被的老父亲；迎来牵着狗狗遛弯的阿姨；迎来蹒跚学步的孩子和年轻的母亲……行走在他们中间，总被他们善良的眼神、暖心的话语所感动。

最让我喜爱的是位于公园一隅的健身器材处，此处宽阔，聚集在这儿晨练的中老年人或在单双杠上身轻如燕、上下翻飞；或在拉力器械上伸筋屈体，活力四射。年过八旬精神矍铄的老爷子骑着赛车放着流行音乐由远及近，停至此处总要与大家打个招呼；一群蓝天救援队的年轻人训练时路经此地，器宇轩昂、歌声嘹亮。小窗口，大视野。活力石嘴山，和谐大武口尽收眼底。

周末晨练，我会由森林公园向生态旅游区深处进发，不论是露水秋霜，还是斜风冷雨。上北武当山观日出云海、朝霞满天的壮观景象，在归德沟的壮丽景色中遥想当年金戈铁马、长城烽火，于韭菜沟间看岩羊跃动，苍鹰翱翔……每一个风和日丽、云蒸霞蔚的清晨，每一处山重水复、风景如画的自然景观，每一次脚踏实地的欢快行走都让我感受到美好与温暖。

2018 年秋，与千汇小区仅隔一条星光大道的北武当河生态公园主体建成，近两年政府还在持续对它进行投资建设。徒步其间，四季花开，一路芬芳，看自然之美，赏人文景观。

北武当河生态长廊碧波荡漾，绿意盎然，如缎带般的绿色环绕着城市。古色古香的建筑与现代艺术造型交相辉映，五步一亭，十步一阁，廊腰缦回，曲径通幽。共同构建"推窗见绿，出门赏景，起步闻香"生态宜民之城的新景象。驻足"转型"两字的地标造型前，作为地道的煤城人，畅想来自五湖四海、自强不息的石嘴山人 60 多年来所经历的沧桑与辉煌，光阴与岁月，内心升腾的满是对建设者的敬畏与感念。

青山公园作为"全市十大民生实事重点改造项目"已于 2020 年春节前完成，颜值飙升，它再次以城市特色之美惊艳到我，成为我周末晨练的又一"新宠"。

盛世佳景图，锦绣华夏地。十三年的晨练之路从"无可选择"到"精挑细选"，一个又一个"新宠"热情地迎接我，让我亲历了煤城石嘴山的转型与发展，见证了幸福大武口的繁荣与昌盛。有理由相信，全域旅游示范区的打造，会让我的晨练之路有更多的选择和变化，也定会让魅力大武口以全新的姿态实现优雅蜕变、华丽转身。

第二辑　人间烟火

单元门里的人间烟火

有人说，最好的生活是从柴火堆里开出玫瑰花。是的，纵使在钢筋混凝土的城市，人间烟火气依旧丰盈美丽。食一碗人间烟火，饮几杯人生故事，人世间豁然开朗。

十户一个单元的人世间，十几年间会有多少故事发生？

在我们单元的五楼住着一对年轻的小夫妻。2008 年，他们在这幢楼里喜结连理，也是从这一年开始，我知道了回族有在传统节日做油香，且馈赠亲戚、邻里、朋友的习俗。

我清楚地记得，那几年每次过节时，五楼的这对小夫妻其中一个总会双手托着白色瓷盘，里放着两个又圆又大、色泽金黄、品相诱人的油香送到我的家门口。

这家人的油香味道真的很地道，我们全家人都很喜欢。这对小夫妻给单元里的每一户都送了油香，送油香就是送吉祥、送幸福，这是他们对单元楼里的每一户邻居传递出的友善与和暖。

后来，这对小夫妻在这里陆续生下一双儿女，在他们有急事或忙不开时，就会将孩子送到我们单元楼任何一家让人暂时看管。

赠人玫瑰，手有余香。出入相友，从"散油香"开始。

人世间之所以伟大，除了它的美丽、壮阔、坦荡外，还有自我净化和彼此提升的功能。

"开门！开门！快救救你大爷！"儿子上高三时一个寒冬的后半夜，有人在敲我家房门，还伴随着急促的呼喊声。我连忙起身打开门，看到是一楼的大娘，她穿得极其单薄，头发凌乱，正趴在地上抬头看着我。原来是一楼的大爷上厕所时摔倒了起不来。大娘患有严重的糖尿病并发症，眼睛看不清东西。大爷摔倒的第一时间，她想打电话求救，却看不清电话键上的数字，拨出几次都不是自家儿女的电话，还在半夜打扰了他人，无奈之下，她才摸黑爬上二楼敲我家的门。

我知道一楼大爷身高体胖，我和儿子根本抬不动也扶不起，于是叫醒儿子让他赶紧上三楼找人帮忙。我和三楼下来的邻居跑到一楼，扶起大爷靠在沙发上，为其披上衣服。在呼叫120的同时，我们给大爷的儿女一一拨通了电话，说明了情况，还对大娘做了安抚。

贫病相扶，奏响的是信任和美德之音，更是社会的和弦。

单元门里生活的光影中，有晴有雨，玫瑰花就在这曲折的楼道里散发着幽香。

"这是谁家跑水了？"2021年冬的一个周末，我被门外哗哗的水声惊到，赶紧打开门查看。天啊，瀑布一般的水流自高处落下，水帘样封住了楼梯，水花四溅，前后左右的墙体已全被打湿。几乎是不约而同，单元里的每家人都出来了，因为水势太大，单靠某一家根本控制不了。所有从不同楼层起步的人一股脑地淋着水往楼上冲。"是五楼，五楼家地热管爆了。水压太大堵不上，大水自上而下漫灌。"第一时间，有人拨通小区物业电话，有人查找热力抢险维修联系方式，有人找来各种盛水的器皿，有人冲到地下室堵上各家门底部的缝隙，防止水灌入。大家齐心协力，努力将损失降到最低点。热力抢险维修车来了，水管被堵住了，单元地热阀门被关上了……

事后，这家住户挨个敲了其他九户人家的门，"对不起，给大家添麻烦了！感谢大家帮忙，损毁严重的我们赔付。"

关起单元门，十户人家其实就是一家人。

人世间就是这样穿越纷繁，重归简约，还原成一种朴素却高级的纯粹。

"我不回家，我就想做一个在雪地里流浪的孩子。"这是哪家孩子在楼下大声喊叫？我推开窗子一看，原来是四楼住户家上二年级的儿子，他在雪地里冲着从窗户伸出头喊他吃晚饭的妈妈嚷嚷——明显是在雪地里没有玩够，不想回家吃晚饭。

他放学后便开始在单元门口和小朋友打雪仗，到了该吃晚饭的时间还想玩，两个小时过去了，厚外套也没有穿，其他小朋友都陆续回家了。孤独的路灯下只站着这么个小人儿，越发显得窗外雪地空荡、寒冷。

"赶紧上楼吧，动画片都开始了。"我在二楼帮着四楼的妈妈劝孩子回家，怕时间长了孩子冻感冒。我们三个僵持了好一会儿，天越来越黑了，"我就想做一个在雪地里流浪的孩子。"他反复嚷着这句话，就是不上楼。

僵持中，五楼住户上中学的儿子放学回来，在单元门口观察了几秒钟后，明白了现场的情况，径直向仍站在雪地里的小男孩走去，拉起他的手说："走，回家。"只见小男孩一句话都没说，乖乖地跟着五楼的男孩，捡起地上的书包和外套，进了单元门。

我听见了四楼住户关窗的声音。

风停在窗边，仿佛在嘱咐我们要热爱这个世界，爱这个眼前不回家的小孩子，更爱这个温暖的大哥哥。

人世间的风景，在你赠人玫瑰的每一刻，都会努力为你绽放出最美的样子。

打开小区单元门，欢迎你回家。

父亲的"二八大杠"

因为自行车的车轮直径为 28 英寸，车前有一根钢梁，所以矿工都叫这款自行车为"二八大杠"，它是煤矿工人家家必备、最实用的家什之一。

父亲在矿上骑了一辈子的"二八大杠"，因为城市的楼房里实在无法再继续存放。2021 年冬，在全家人和物业管理人员的强烈要求下，以十块钱的价格卖给了收破烂的。

卖自行车的那天，父亲的眼神难掩内心的不舍。父亲将自行车擦了一遍又一遍，又将系在后车座上的皮绳解下来擦了又擦，仔细盘在原位，小心地送上了废品收购车。父亲目送人家将车拉走，直到远得看不见，才头也不回地径直上了楼，关上了自己的房门。这辆有着数不尽故事的自行车，完成了自己的使命。

目睹这一幕，我的内心也无法平静。它的车轮丈量过矿区的山水与四季，装满我在矿区的整个童年记忆。

"二八大杠"是全家人省吃俭用买来的。20 世纪 70 年代，父亲月工资 33 元多一点儿，在养活我们一家五口人的同时还要每月给老家爷爷奶奶邮回10元。当年最低的生活水平是饿不死，最高的生活标准是能吃饱。因父亲单位离家很远，特别需要买辆自行车。作为家中的老大，我也才刚记事，父亲与母亲当着我的面商量买自行车这件事，父亲说："每月凭票供应的米面、油、豆腐和大肉各减掉五分之一，四个人的口粮五个人吃。"母亲说："小儿子太小，细粮，也就是那点儿白面要先紧着他吃。"那一年，我和两个弟弟过年没有穿上新衣服。有一天，当我看见父亲推着一辆崭新的自行车高兴地进入院子时，我知道，家里添了重要成员。

这是辆永久牌自行车。大梁黝黑，两个车圈和辐条亮得耀眼，前车把像展翅的雄鹰。位于自行车前把显眼位置的车铃闪着银光，铃声清脆悠远。"二八大杠"是一家人重要的交通工具。记忆中，父亲自行车的前梁上有个车座，那是小弟的专座。我和大弟坐在后座上，每次大弟坐上后拽着父亲的衣服，我坐在大弟的后面，搂着他的腰。那时父亲多年轻啊，带着三个孩子，还能从前梁弯腿骑上自行车。小弟那时年龄太小，不会拨弄自行车前把上明晃晃的车铃，行驶中，前方遇有行人，还要父亲拨动铃铛。"我要是坐前面，肯定能做好。"我对父亲说，其实我有自己的小心思，想体验坐在前面的优待和快乐。父亲说那是小弟的专座，谁小谁坐在前面。

那个年代，很多像我一样大小的孩子偶尔是可以带到父母单位的，父亲也会骑着"二八大杠"驮着我们姐弟三个到他的单位，看他维修锅炉管道、钻地沟、接管路，他还教我们认识各种钢管的零配件，像封头、弯头、三通、四通等。中午，父亲将从家里带来装在饭盒里的大米、猪油和葱花放在锅炉房的大铁蒸箱里蒸米饭，远远地就能闻到喷香的味道，这是我们三个小孩子平日里吃得最好的饭菜。

"二八大杠"承载着我们姐弟三人看露天电影的快乐。父亲将自行车停在放映机附近，我和大弟分别站在左右两个脚镫上，有时他高一点，有时我高一点，或两个脚镫呈平衡状，我们俩就能同时高出别人一截。此刻的后座上站着的是小弟。观影时，父亲站在后座左侧，一手扶着小弟，另一只手用力扶着自行车，确保它稳定。因为我们站得高，所以看得清，那种自豪和得意都写在小伙伴看我们的羡慕眼神上。电影《雷锋的故事》《黑三角》《小蝌蚪找妈妈》都是我们站在自行车上看的。

"二八大杠"是我们姐弟三人游览周边牧区和农村的专用车。父亲用自行车带着我们领略了宁夏和内蒙古交界的塞上风光，教会我们分辨草原上奔跑的马、驴和骡子，还教会我们通过观察骆驼高大的外表，学习它作为沙漠之舟的高尚品格。也是在父亲的自行车上，我们比同龄人更早知道了麦苗和韭菜的区别，享受了进山抓蝈蝈、逮蛐蛐、扣蚂蚱的乐趣。

　　"二八大杠"是我们姐弟三人掌握骑车技能的"教练车"。矿区的孩子，无论男孩女孩几乎都会骑自行车。在学骑车的过程中，我们不知道摔倒过多少次。因为年龄小，我们摔倒后有时被自行车压住爬不起来，而且自行车比较重，一时也扶不起来。我们三个小孩子身上摔破过皮，甚至流过血，但这辆无怨无悔的自行车呢，也不知道多少次车把摔歪了、车圈变形、车铃不响了、车链摔断了。伤过，所以坚强；痛过，所以隐忍。我们在这辆自行车的陪伴下渐渐长大了。

　　"二八大杠"是父亲用来挣钱养家的工具，除了每天骑车上下班外，没下过井的父亲骑着自行车跑遍了矿区的大街小巷。

　　父亲在矿区做过水暖工、电焊工、维修工，跑去偌大煤矿的不同单位处理暖气管、水管，做焊接，搞维修，靠的都是这辆自行车。而且父亲每一次都不会空车骑行，前把挂着工具袋，里面装满维修工具，后座放置大工具包。母亲用旧工作服缝制的工具包里装满各种维修配件，用一根皮绳紧紧地束缚着，确保使用时易取好找。自行车后座上的这根皮绳是这辆二八大杠的标配，车不离绳，绳不离车，时刻准备上阵，发挥作用。偶尔我们三个小孩子为父亲擦车时，母亲总要叮咛一句"别忘了擦一下车后皮绳"。

　　这辆"二八大杠"陪伴父亲走过骄阳似火的酷暑，走过顶风冒雪的严冬，走过大雨倾盆的春秋。有过泥泞路上的寸步难行，有过扛车蹚水摔倒后爬起继续前行，有过途中车胎漏气半夜推行等种种经历。父亲和我们对这辆自行车的爱，却从未缺失。

烟火深处的光

"家人闲坐，灯火可亲"。我频繁记录着家风熏陶下的个体故事，只因言传身教的红色基因、理想信念值得延续与传承。良好的家风是让一个人踏遍千山万水后却还能继续扬鞭催马，历经磨难后却还敢亮剑，跨越时空暗夜寻找光明、追求理想、永不言弃的传家宝。烟火深处的凡人凡事，写就了红旗漫卷下的家风力量，是家风璀璨了山川河流、实干兴邦的中国梦，是家风丰盈了内心深处奋力奔跑的原动力，是家风点亮了广袤大地上星火燎原的那抹中国红。

家住森林公园大门口、年近八旬的父母，平时遛弯时为森林公园捡拾垃圾、做北武当生态旅游景区义务导游，为游客们提供方便。国家有难、人民需要帮助时，二老便和左邻右舍一道去民政局捐款捐物，鼓励儿孙拿出零花钱给孤儿院的孩子、流浪的老人和医院的重病患者。无论春夏秋冬，只要天气晴好，二老就会与其他老人在单元门前发自肺腑地讲退休金的十七连涨，讲对社会问题的关注，讲自身满满的幸福感——感党恩、颂党情、跟党走，是他们共同的话题。

2020年春节，小弟作为教体系统主动申请第一批下沉到基层的干部，为小区值守看门，在寒冷冬日连续奋战40余天，没有与家人团聚、没有与父母团圆的日子里，家里的微信群成了父母儿女相互鼓励、相互安慰的"安乐窝"。他没有告诉家人每天寒风中吃冷水泡面确实难以下咽，没有告诉家人阵风掀翻帐篷后睁不开眼、说不了话的艰难，没有告诉家人被人不理解、苦口婆心劝导时的不易，却告诉同事和领导"不用换人，我能坚持"。"一切小别离终将有大团圆"——小弟的梦终究实现。

在20年前的一次体检中，医生偶然发现大弟的血型很稀有，就留下了他的电话号码，问他是否可以长期献血。就这样，他成为一名光荣的义务献血者。直到今天，无偿献血证上还有着他这么多年来无偿献血的每一次记录。在他看来，"献血光荣，传递爱心，帮助有需要的人，是我从小就接受的家庭教育，没有什么特别。"

喜欢运动的大弟，除去全国各地跑全马、半马，在小城石嘴山市的很多体育赛事中，寒来暑往做义工，为运动员及体育爱好者提供服务。"为更多喜欢运动的人提供帮助，是我最大的快乐。"

"善良是一个人最高贵的品质"，和老公走进婚姻殿堂，相互陪伴已近30年，"勿以善小而不为"在他的心里根深蒂固。无论在单位还是在小区，凡有人向他寻求帮助，他总是想方设法，尽己之力。单元楼里谁家有事，都会来敲我家的门——因为他们相信我家老公能帮到他们。"邻里的信任，让我很快乐。"多年来，单元里的公共用电、照明灯的更换一直是老公在管理。小事不大，彰显品质。

因为家里有三人在矿山做技术工作，所以儿子自小见多了各种维修工具，目睹家里人大到修理机械设备、矿山机电，小到家用汽车、摩托车、家用电器的场景，对有技术的人相当佩服，于是考大学报志愿选择了机械工程专业，读研究生时更是对机械情有独钟。他爱看关于科学、探索的纪录片，更爱看《大国工匠》等专题片，"我要努力成为这样的人"——有理想、有信仰，迎来全家人的一致鼓励。进入中石化工作后，他向学做工匠的梦想更近了一步。如果奇迹有颜色的话，那一定是中国红。

刻在骨子里的记忆

年已八旬的父亲，这两年变得易于激动。这段时间，我目睹了他因为一些小事就流泪的情形。要知道，父亲在我的记忆里一直是钢铁般的男人。

父亲越来越爱提起往事。他经历过的那些刻在骨子的故事，我曾听过不止一遍，但现在他再讲起来，又多了点滴细节的描述，多了声泪俱下的表情，多了与旁人分享的渴望。父亲对刚刚发生过的事、别人刚刚对他说过的话他反而记不住，明显地开始健忘。我知道，这是父亲在一天天变老的表现。

1961 年，父亲 18 岁，因饥荒从山东老家要饭跑到齐齐哈尔。父亲年轻那会儿讲起这件事，虽有对事件来龙去脉的描述，但对细节轻描淡写，言语间流露的还多半是自己战胜困难的豪情，但现在再讲起来，他对当时的凄惨、无助和困顿剖析得就深刻多了。

父亲家中有兄弟四个，粮食需求量比较大，而奶奶却没有莫言笔下母亲那般善于为孩子筹集吃食、填饱肚子的能力和智慧，无奈下，正在村里教书的父亲便被迫离开山东老家去闯关东。临行前，父亲怀里只揣了四个野菜团子，路上，他随着逃荒的人群，忍饥挨饿、历经磨难，尚未出山海关，怀里的最后一个野菜团子便被一个大个子男人抢走。抢野菜团子的这个人尾随父亲走了一天，也不见父亲吃喝，太阳落山时，这个人便将年纪尚小的父亲按在地上搜身，父亲仅存的一个野菜团子就被他抢走了，这个人在上面迅速吐了几口唾沫，便大口咀嚼。父亲讲到这里时哽咽了："这野菜团子是我姨给我的，人家也有三个儿子吃不饱。我姨去世，我都没赶回去。"父亲转过身去，泣不成声。

20世纪70年代中期，我们姐弟三人都不满十岁。那时，父亲在矿区做采煤辅助工作，工资相对较低，还要每月给远在山东农村的爷爷和姥爷家寄生活费，我们在矿区的生活仅限于刚能吃饱。那时水果种类单一，只有苹果和梨。这两样水果也只有过年和孩子过生日时才能吃上，平时有水果吃对矿工家庭来说是异常奢侈的一件事。

这两年，父亲常给孙辈讲我和两个弟弟小时候分食有甜味的菠菜根的故事。那天做晚饭时，母亲洗好了一把菠菜，想做个菠菜粉条汤就馒头吃。在父亲拿出盆准备洗粉条的那么一小会儿，站在锅台边的我们姐弟三个快速将粉红色的菠菜根一股脑儿揪下，不声不响放在嘴里大嚼起来。待父亲转过身的时候，原本成把的菠菜此刻横七竖八，且都没有了根部。父亲看到嘴里还在咀嚼菠菜根的我们，一下子明白了，但并没有批评我们三个，继续做饭。"还是带甜味的吃食太少，孩子们可怜啊！"依稀记得，父亲在第一时间对母亲讲了这件事。

父母将我和两个弟弟送回山东农村读书是 20 世纪 80 年代初的事。那时在宁夏的父母，生活已节俭到极致。为节省开支，父母便在离我家不远的公共厕所旁开辟了一块小菜园。为抽取煤矿洗煤、洗澡排出的废水，父亲自制了压水井，自己淘粪、播种、灌溉。面积并不算大的菜园里，种满了家常蔬菜。父亲说："甜菜叶子大，生长快，解决了家里养的十几只鸡的饲养问题。几排葱，我和你妈能从春吃到冬。五斤大肉我们就能过个年。"

"你们三个在山东上学虽然只有三年，但父母的牵挂无法度量啊！尤其那一年山东地震，你们三个都在山东，我和你妈恨不得让你们马上就回来，那种担心，你们现在都为人父母了，能体会到了吗？孩子们能健康地长这么大，不容易！"我看到了父亲噙满泪水的眼睛正怜惜地看着已过中年的我们。

20 世纪 90 年代初，父亲自煤矿退休。虽然我们姐弟三人那时已陆续参加工作，但三个孩子在三个城市同时上学读书的经历，让本就不富裕的家中根本没有一点儿积蓄。左邻右舍调侃我们姐弟三个说："你爸挣的钱都被你们三个扔到路上了。"工作后，我们三个都面临着谈婚论嫁，在没有家底的情况下，父亲咬着牙拼起了体力——到山里抢大锤、打料石、卖料石。"干这活要有力气，早饭要吃饱，午饭带到山里。天不亮，你妈就起来，家里好吃的基本都让给我吃了，你妈吃得最差。这么些年，为了这个家，难为她了。有一次，你妈早起给我煮好饺子，骑到山里时，自行车摔倒了，饭盒里的饺子洒了一地，沾满泥沙，我还是一个一个捡起来，中午用水冲洗后，勉强吃了。不吃这沾泥的饺子，中午就要挨饿，就抢不动大锤，你妈舍不得吃的饺子我不能糟蹋。"父亲讲这话时看了一眼母亲，而耳背的母亲此刻却没有听见，继续干着手里的活。我注意到，父亲看母亲的眼睛里溢满泪水。一辈子共度难关的父亲和母亲，默契、包容和感激都在彼此的心里。

父亲老了。岁月侵蚀的满头白发里藏着的是世事的艰辛，青筋暴起、长满老茧的双手托起的是家庭的重担，佝偻的身体、弯曲的脊背承载的是对孩子的希望。这一件件、一桩桩刻在父亲骨子里的故事，记录了时代的变迁、社会的进步和幸福生活的步步高。

春风度

　　矿工父亲前后搬过三次家，经历了土坯窑洞、砖混平房到框架楼房的三级跳——住房面积越来越大、室内"海拔"一个比一个高、家用设施的三次跨越。父亲说这都是共产党带给我们的更新换代。

　　父辈们在千里戈壁中人拉肩扛竖起大旗、立起井架、架轨铺路，硬是在风吹石头跑的贺兰山腹地打出·座座矿井，向地下挖掘煤炭绵延数千米。最让矿工们感到满足的是他们都有一个属于自己的家，能够安心煤炭生产，扎根井下工作。这一时期，矿区同全国各地一样，交通不便，生活物资匮乏，条件极为艰苦。

　　1975 年 6 月 30 日，乌兰煤矿建成投产。那时，来自五湖四海的矿山建设者们大都居住在低矮潮湿的窑洞。我和两个弟弟都是在窑洞里出生的。我家住的窑洞有两间，每间长 6 米，宽 3 米。家人们习惯上叫大屋的那间，在向阳的一面盘了一铺大火炕，连通左右两面墙，占据了这间房的三分之一，全家五口人都睡在火炕上。雪落山峦，北风呼啸的夜晚，我和弟弟躺在被窝里听父亲读《林海雪原》给我们听。我至今还清楚记得两侧墙面上贴有年画，还挂着几个大小不一的相框。珍藏在我记忆深处的照片有两张：一张是父亲来宁参加工作时的一寸黑白证件照，照片上的父亲年轻英俊；一张是小弟百天时五口之家的全家福，母亲抱着小弟，父亲抱着大弟坐在长条凳上，我站在父母中间。这两张照片经历了三次搬家，一直被母亲小心收藏着。

另一间我们习惯上称作外屋，中间用墙分割成前后两部分。前半间为生火做饭带烧炕的厨房，后半间为存放米面等杂物的仓储间。后来，我们陆续读小学了，父亲就自己动手做了一张低矮的小圆桌放在这半间房子里，我和弟弟坐着小板凳在上面写作业。这半间房里的灯泡最大，夜里最亮。

1982年，乌兰煤矿职工住房条件有了很大改观，我们随父亲由土坯窑洞搬迁进了砖混结构的平房，同样是两间，但院子很大。同所有矿区家庭一样，我们在院子里养鸡、养狗、养兔子。在平房里，我们姐弟三人完成了九年义务教育，陆续走出大山读书，学成后，先后返回乌兰煤矿成为第二代矿山建设者。

这两间平房陪伴我们的时间最长，很多美好的记忆、甜蜜的故事都发生在这里。贫困的矿工家庭同时供养三个孩子在外地读书，父母的日子很是清苦，买不起肉的日子里，勤劳的父母就多养些鸡，院子里上下两层的鸡窝很是显眼，最多的时候家里养了近 30 只鸡。周末、暑假，我们姐弟三人常去山里抓各种昆虫喂鸡，有蚂蚱、蝈蝈、螳螂、甲壳虫、马蛇子。秋天，在旷野薅野菜，捡拾白菜叶晒到房顶囤积起来，作为冬天喂鸡的饲料。养鸡、喂鸡的快乐，是现在城里的孩子无论如何也体会不到的。

基于尊师重教的大背景，我家因为有我和小弟两位教师，所以允许我家在公房旁边又自建了一间平房，平房的院子更大了，于是，母亲便在院子里搭起了火炉子。夏季，母亲常常自制手工凉皮，叫邻里来院子里分享。时至今日，老邻居们见面时，还不时夸奖母亲的和善，回味母亲制作的凉皮子味道。

住在平房的日子，也是乌兰煤矿发展最快、煤炭业形势最好的十几年。1992 年，乌兰煤矿在一水平二区段的北翼采区三层煤 5321 工作面进行倾斜厚煤层综采放顶煤工艺实验开采，获得成功，这是石炭井矿务局第一个高产高效机械化采煤工作面，后被煤炭系统誉为"乌兰模式"，成为全国煤炭系统综采放顶煤的三大模式之一。

也是住在平房的日子里，父亲光荣退休。两个弟弟娶了媳妇，我嫁给了矿工，各自带着依恋和祝福走出了这个家。

20 世纪初，矿区学校陆续移交当地政府，我和小弟的工作随即调往市区。我们搬进了楼房，两代矿工就此告别矿区。

　　住进楼房这一年，我们姐弟都还不到 40 岁，是人生中最美好的干事创业期，我们努力工作、积极生活。

　　父母说，这是他们做梦都没有想到的"楼上楼下，电灯电话"的理想生活。"莫道桑榆晚，微霞尚满天。"进入晚年生活的父母，在外，父母在为北武当生态旅游区做义务导游，为生态长廊捡拾垃圾，去大武口区福利院和老年公寓看望、慰问老人。在家，父母叮嘱孙辈要好好学习，掌握真本领，早日向就读的高校递交入党志愿书，争取早日加入党组织。

　　"国家有难，你们三个都是党员，要积极主动交纳特殊党费啊！"于是我们姐弟三人都在汶川地震期间上交了特殊党费。

　　岁月不居，时节如流。两代煤矿建设者风雨兼程笑望彩虹，从低矮土坯窑洞到现代花园楼房，升高的不只是住房，先进的不只是日常用品，更是享受到了建设者们全力奔跑心向阳光的幸福生活。

　　祝愿我们的石嘴山在破茧化蝶转型升级后，青山绿水多妩媚，全域旅游景色美，小康生活快步跑。

几度烟花绽

作为大西北的第一批建设者，父母从山东老家来到石炭井矿区。20世纪60年代末，我出生在贺兰山腹地的乌兰煤矿。作为矿工的后代，在物资贫乏、家中生活用度几乎都要凭票购置的背景下，期盼过年就是那个时代所有小伙伴们最大的愿望了——穿新衣、吃肉菜、放鞭炮、点灯笼……腊月里的贺兰山"乱云低薄暮，急雪舞回风"，小年过后，"少年不识愁滋味"的矿工子弟们就每天数着日子期待过年啦。

春节近了，年味浓了。母亲拿出攒了一年的布票，带着我们姐弟三人去商店买布料，为我们精挑细选，准备过年的新衣服。女孩子穿的花布最惹人眼，大花小朵色彩各异，横竖格子淡雅朴素，蓝色如水，粉色似霞。男孩子穿的衣服料子多年不变，依旧是绿、灰、蓝三色。排队购买布料的大人小孩摩肩接踵，售货员忙得不亦乐乎。反复对比后，母亲为我们三人买上了称心如意的纯棉布料。

迎着漫天雪花欢快地回到家里，母亲找出剪刀、尺子为我们一一量体裁衣。母亲伏在缝纫机上劳作了几个夜晚，用巧手为我们赶制出了过年的新衣——大小合适、样式新颖，上面还带着母亲手掌的温度。大家试穿后，各自将新衣裤折叠起来，等春节那天早早穿出去和小伙伴们比一比谁的新衣服更好看。

记忆中只有中秋节和春节才能吃上凭票购买的大肉和羊肉，自家养的鸡和兔子往往也只有逢年过节才舍得宰杀。每到大年三十的中午，小孩子们都出门疯玩去了，父母便会在家中精心备下一桌丰盛菜肴，红烧肉、羊肉炖萝卜、小鸡炖蘑菇是我的最爱。三个孩子的碗里都有肉块堆在上面，一块没吃完父母又给夹一块。当我和弟弟大快朵颐的时候，父母还像每个平常日子一样，喝着汤，吃着盘子里我们不怎么夹的蔬菜。多年后，成年的我们，每每想起童年里大年三十的团圆饭，满眼都是泪水，都是对父母那份沉甸甸的感恩之情。

东北籍矿工过年时有句顺口溜："糖瓜祭灶，新年来到。姑娘要花，小子要炮。"可不是，过年了，男孩子们一定是要买鞭放炮的。还没到小年，两个弟弟就开始商量过年时要买啥炮仗，二踢脚、麻雷子、蹿天猴……一年才买一次，绝不能少。父亲会各买两挂500响、1000响的鞭炮，大年三十晚上煮饺子时，就靠它衬托辞旧迎新的喜庆和欢快呢！在孩子们的软磨硬泡下，父亲又慷慨地为两个儿子再买两个花炮，两个弟弟小心翼翼地把500响的鞭炮包装打开，从中取下200个散炮，每人分100个，好和小伙伴们"逗响"。欢笑声、鞭炮声和着家人间的声声祝福。

　　小时候，我和两个弟弟都有一个写着自己名字的玻璃灯笼。每到春节前夕，父母找出灯笼后我和弟弟们便会小心翼翼、仔仔细细擦拭自己灯笼上的玻璃，生怕打碎。从大年三十到正月十五的每天晚上，我们欢天喜地地穿着新衣，装上瓜子、糖果去小伙伴家串门子，相约放鞭炮"逗响"时，提上灯笼耍得开心；我们跟随大孩子沿着主街，跟着长长的社火队伍中机敏灵光的孙猴子、穿着彩衣笑眯眯的胖头娃娃时，提上灯笼玩得快乐；我们踏着积雪跑到山顶看矿区各家亮起的点点灯光，五彩缤纷的烟花在夜空中绽放时，提上灯笼跑得无限美好。这个由父亲亲手制作的纯手工灯笼陪伴我们姐弟三人度过了整个童年时代。

　　在年味越来越淡的今天，我站在城市的最高点俯瞰城市的繁华，内心激荡澎湃的仍是远去了的矿区春节，纷扬的雪花伴着划过夜空的五彩烟花年年绽放。

陪　伴

这是母亲第三次乔迁新居。虽已是严冬，但洒满阳光的阳台上仍然温暖。屋里装了地热，母亲穿着秋衣，高挽着袖子，俯身在那台老式缝纫机上。缝纫机走针的声音细小、流畅、好听。

这台缝纫机陪伴母亲半个世纪了，是一台长相小巧的蝴蝶牌缝纫机，左边是长 60 厘米、宽 40 厘米、高 3 厘米的棕红色光滑可折叠木板，右边为机头主机箱。黑色带金边的缝纫机头结构复杂，皮带轮、主轴、脚踏等零部件，在我的记忆里一直光闪闪、明亮亮。除了工作面板，它全身几乎都是铁家伙，所以很重，但几次搬家都是我们走到哪就把它搬到哪，从不舍弃。每到新家，母亲必为其挑选一处光线足、空间大、通风好的"居所"，几十年来它一直享受着母亲"座上宾"的待遇。按母亲的话说，它功劳大，应受善待。所以全家人也都高看它一眼，重物不压在它身上，经常为它换洗苫布，定期为它保养上油……

20 世纪六七十年代，这台缝纫机应是我们家最值钱的家当。我知道它是每个月只有 33.80 元工资，还要养活一家五口人的父亲，攒了好多年才购置回来的。我十岁那年，因为闹地震，每家都会在空地上搭建一个简易防震棚供晚上睡觉用。在我家的防震棚里，除了容纳五口人睡觉的通铺外，再就是这台缝纫机，可见这台缝纫机在我家的地位。

这台"资深宝贝"几十年如一日，勤勤恳恳、任劳任怨、从不懈怠。

母亲用它做各式衣裤，大人的、小孩的，自家的、邻家的，山东老家的爷爷和奶奶的，父亲单位工友的。母亲用它做各种鞋，有纯棉、涤卡、毛呢鞋面，有给淘气孩子穿的几层棉布缝制在一起的"千层底"，也有给上班工人穿的加厚涤纶鞋底。尽管材料不一样，但都清一色都镶着白边。母亲用它做各种鞋垫，母亲缝制牛仔布鞋垫的时候，就用白色针脚做出上下叠层的菱形方块，让它错落有致、美观大方；缝制白色底布鞋垫，母亲就绣上各种形态的绿色树叶、绣上颜色繁复的大花小朵，令其图案精美；若是用花布做鞋垫，母亲就在所镶的边上下功夫——犬牙的、波浪的、斜条纹的。每一双鞋垫都是一件工艺品。

这台缝纫机，母亲用它做了多少针线活、服务了多少人，没人能算得清。

母亲使用的这台缝纫机，最大受益者是我，因为我是家里唯一的女孩。童年里，小伙伴们都穿花裙子，我的花裙子上必定多一个蝴蝶结；同穿白色或蓝色的裙子，我的却平添了腰带或领花；同是花棉袄，我的就有毛领子……

我穿过很多缝纫机缝制出的绣花鞋。母亲会用金丝线或银丝线在我的鞋面上绣出牡丹花、玫瑰花，若本身就是花布鞋面，母亲就会用金、银丝线为花朵镶上边——我总有比小伙伴们更好看的穿着。

清楚地记得小学三年级时，母亲为我做好的一双新棉鞋，我穿上的第二天，放学后我不小心掉进水沟里，我回到家里拿到火炉旁边烤干时，鞋面被烤煳了一大块，不能再穿了。当晚，我在被窝里，看见母亲在灯光下，趴在缝纫机上赶着缝补这只棉鞋。听着缝纫机的咔咔声和着西北风敲打窗棂的声音，让我觉得母亲的身影是那么美，有妈的孩子是那么的幸福。母亲那一刻的身姿，深深地烙印在了我的心里，直到今天再度想起，还是那么让我温暖、感动。

近几年，母亲用这台缝纫机为我和两个弟弟的孩子缝制了外出上大学的被褥。我和弟弟都说，到街上买就好，母亲却说你们三个在宁夏读书时我都做了被褥，何况这三个孩子要到南方读大学。南方冬天屋里没暖气，比北方要冷，更要亲手做了。于是，她买回被里、被面和棉花，用缝纫机做好被套，絮好棉花套在里面。三个孩子外出上学的行李都很厚实，也很精细。大学四年毕业后，孩子们在校园里舍弃了很多东西，但被褥却都不远千里带了回来。

如今母亲年龄大了，使用缝纫机的频次越来越少，细活干不了，但前几天搬到新家，我惊喜地看到母亲在缝纫机上穿针引线，家里的时尚窗帘仍然出自母亲的手，仍能听到缝纫机工作时悦耳动听的声音。母亲老了，缝纫机也老了，但仍旧彼此陪伴着、彼此成就着。这台工作了半个世纪的缝纫机仍未退休，一如我年过七旬的母亲。

"临行密密缝，意恐迟迟归"，带有母亲体温的新衣不知道我还能穿多久；"雨中黄叶树，灯下白头人"，母亲灯下劳作的身影不知道我还能看多久；"见面怜清瘦，呼儿问苦辛"，职场打拼疲惫时，不知道我还能向母亲倾诉多久……

岁月有痕，烟火有爱。时光终会将所有温暖的陪伴，熬成最美的两个字——懂你。

一条大河，一脉乡情

一则"宁夏电力'西电东送'到山东，开启宁夏大规模外送山东电力'天路'，从输送'煤电'到输送'绿电'"的新闻引起了我的关注。于是，赶紧与年近八旬的父母分享故乡山东今后可以"自由"用电、"任性"用电的好消息。半个世纪以来，与故乡山东的渊源，影子一样存在于我的脑海，影响着我的日常。在山东读初中的第一年，度过了没有照明电的 365 天。那是一段深埋心底的记忆，也是一段努力奔赴光明的心路历程。

20 世纪 60 年代中期，父亲支援大西北从东北来到宁夏。70 年代末，我常看到从山东老家寄来的各种包裹，里面装满了芝麻、红枣、家织布和棉花。在宁夏矿山要凭票购置所有商品的情况下，父母省吃俭用、千方百计为山东老家的亲人们购买了自行车和缝纫机寄过去。每有家书在手，年轻的父母总有万千思念积在内心、落在笔端。

80 年代初上中学时，我回山东老家读书。刚去时，我分不清麦子和韭菜，更不适应没有电灯和三餐吃玉米面的日子。离家十八里地是我读书的地方，我在学校吃饭，晚上只能寄宿在亲戚家。我吃过很多同学家的饭，穿过好多亲戚做的鞋和衣服，更吃遍了从住宿地到学校一路上所有农家大院子里的枣子，并清楚地记得谁家哪棵树上大枣更甜。

在没有照明电的日子里，丽日阳光下的每一分、每一秒都显得那么珍贵。田间地头，房前屋后，总有忙碌的身影，总有披星戴月的脚步，总有荷锄晚归的歌声。白日里，看见大人们把用完钢笔水的玻璃瓶装上煤油，用一小块牙膏外皮做成空心管筒，放入用棉线拧成的细绳，细绳穿出管筒口，两端各留出两三厘米，在墨水瓶盖中央凿出个刚好可以放入管筒的孔，将管筒插入孔中，盖好瓶盖，瓶颈上套个可以手提的铁丝拧成的圈，这样一个手提煤油灯就做成了。油灯可以放在灶台、桌上或者挂于墙壁。

这种简易煤油灯的制作过程，我在姥姥家、叔叔家和几个姨家都见过，因为我要去短暂小住，夜晚要用煤油灯照明来读书。读书、写字的夜晚，蛙鸣阵阵、蟋蟀声声，天上的繁星水灵灵的，离我很近的样子。偶能听见夜宿在树上的家鸡扇动翅膀的扑啦声，抑或有马棚里吃夜草的马儿发出惬意且轻微的鼻息。暗夜，沉寂中深藏生机。

庄稼地、乡间小路、土坯房，还有太阳下山后的漆黑一片，成了我难以抹去的少年记忆。

喜欢豆大的灯光下，姥姥在灶台烧汤、馏红薯，从缸里捞酱豆，佝偻着身子忙碌的身影；姥爷在灶台前烧火、添柴、拉风箱，讲述解放山东时他推着独轮车上前线送军粮、抬担架的红色故事；喜欢躺在打谷场上和小伙伴们数满天星斗，看哪颗最亮，我用与他们方言不同的普通话强调最亮的那颗是北极星；喜欢在门前大槐树下闻长胡子爷爷抽旱烟的味道，看夜幕中明灭的烟斗闪着红色的微光，听他讲村里杂闻轶事的场景；更喜欢晚饭后，一切收拾停当，姥姥才舍得在堂屋点上大罩子灯，灯光照亮大半个屋子，光线下，我做作业，姥姥纺线，姥爷手工扎笤帚的农家小屋的温馨。

七年级时，一个教室里要坐60多个孩子，家在三里地以内的学生都要在教室里上晚自习。读书是农村孩子离开土地的唯一出路，虽然年龄小，可他们都比我懂事、比我用功。

教室里，每个孩子都有属于自己的专属煤油灯。如萤灯火下，年少稚气的脸棱角分明，心中有丘壑，眉目作山河。昏暗的煤油灯下只能听见老师说话的声音，却看不清老师是在哪位同学的桌前讲话。这一幕，让每位学子有了"熬过万丈孤独，藏下星河大海"的无穷动力。

八年级的第一学期，父亲从宁夏带来电线，接通了老家从公路到村里的电，家里和学校都安装了电灯，一拉即亮，一拉又灭，电灯着实让姥姥稀奇了好几天。姥姥说，电很神奇，看不见，摸不着，穿过细细的一条线，能点灯、能磨面、会唱戏、会扇风，还能孵小鸡呢。姥爷在灯下还做起了更细致的手工活——编织各种农用和家用篮子。也是从那时起，山东老家的日子一天比一天好起来。

有了电，小叔建成了村里第一家面粉厂，姥爷不用提着马灯给驴马接生了，二姨也能在寒冷的冬日为嗷嗷待哺的小猪娃们建一个温暖的家了。

经济刚起步，在收入不高的情况下，家人们非常小心地开灯用电，仔细盘算着用电量与电费，那种节俭让我从内心深处更加懂得每一度电的宝贵。

初三毕业，我回到了宁夏，依旧保留和山东老家亲友互通书信的习惯。从一封封家书中，我知道了从 90 年代初，就有村民搞起了养殖、办起了特色田园旅游，乡亲们的日子越过越滋润，不仅用上了电视、电话，还添置了空调、冰箱，村里通了路灯，安装了无线网络。

网络的畅通，让宁夏与山东的亲人间随时可以表达思念，也可以同时几个人隔屏相见。一部手机就能装下宁夏与山东的点滴乡愁。一根网线，一部手机，一曲铃声，乡音不改，容颜渐老，山川异域，风月同天。让故乡与家乡的距离更近、联系更密、情感更深。

父亲作为"煤城"石嘴山的第一代建设者，是宁夏"第一度电"的生产者，我们作为国家能源集团宁夏煤炭的"煤二代"，肩负起了架设西北电网和华北电网"天路"的使命，在促进宁夏经济发展的同时，为我故乡亲人们的生产生活提供了极大的便利，我和万千"煤二代"们一样，开采着光明，奉献着青春。

在加快建设黄河流域生态保护和高质量发展先行区的今天，大河上下，阳光普照，山川锦绣，国泰民安，这盛世，正如我所愿。

看这人间烟火

　　早市是一个城市最接地气、最能体现人间烟火的地方。我最爱的早市坐落在朝阳西街五医院附近。每个周末我都会在这里采购好一周的食材。每次去早市采购总是我心情最好、脚步最缓、内心最暖的时光。如果说去奇石山是要了解这块土地的过去，看它的曾经，彰显的是历史的辉煌，积淀的是厚重的历史。那到菜市场则是要感受这块土地的现在，它的日常，体验的是它冒着热气的，最真实的生活，看它的人来人往，听它的叫卖声，品它的五颜六色、琳琅满目。我去奇石山的次数远没有来早市的次数多。这一方 T 字形的早市并不大，但却是我最想记录、最有感触的温暖之所。

　　米面，是保障基本生存的食物。来自东北五常的大米与宁夏自产的贡米在早市相遇了。对于一个常住大武口的人来说，宁夏的大米已常年"定居"在我的胃里，偶尔买一次东北大米，让它挑战一下"居功自傲"的贡米，也是一种尝试，既加强了产地间的"双边交流"，又提高了彼此的"知名度"，对谁都是双赢。卖五常大米的小夫妻说："我自家的货车，从东北来宁夏就带大米、蘑菇和黑木耳。从宁夏回东北就带上宁夏贡米、枸杞和硒砂瓜，来回不空车。"他的话印证了我的猜想。正是有了如此这般的人，才使早市接纳了长城内外，包容了塞北江南。

新疆的葡萄，海南的芒果，我们大武口本土的鸡蛋、隆湖的甜瓜，在每个丰收的季节总会出现在温暖的屋檐下、百姓的餐桌上。热闹的不只是熙攘的人群，更有云集的四季果蔬，不仅色彩鲜艳，味道更是鲜美。交通便利了，"打飞的"空降的时令瓜果、各种海鲜，从原产地迅速集结到这个早市，人们再将带露珠的果蔬、有呼吸的海产品、有温度的蛋禽第一时间装进盘里，送入口中。时代进步了，科技发展了，我们赶上了盛世的繁华。一买一卖间，最能体现的是百姓平静舒缓的日子。

赶早市不仅仅是采购，还能感受善良、收获美好、体会温情、愉悦内心，这些都足以让人乐此不疲，陶醉其中。连续三个秋天了，我总是在早市临散场时来买一位母亲剩余不多的蔬菜，从不与她讲价钱。她装给我，我付了钱，离开。我和她之间有着这样的默契。因为我知道她有一个正读高中并且住校的儿子。她卖完菜便会骑着三轮车赶回隆湖一站的家，给儿子做完午饭后，还要再做些可口的吃食让儿子带去学校。尽管她起早来卖菜的日子很辛苦，儿子住校读书的日子也很清苦，可这对母子都知道只有苦尽才能甘来的道理，懂得读书才是点亮希望的明灯。这个场景，烙印一般刻在我的脑海里，我是教师，更是母亲，我懂得其中的爱有多重，情有多深。

这样的早市是有故事的，这样的买卖是有温度的，这样的母子是需要点赞的。每周一次这样的愉悦过程，总是让我生发出这样的感叹：这就是国强民富、安居乐业的最好体现，这就是珍惜当下，做好自己的实际要求，这就是家国情怀，人间大美的真实见证。

总有一种情怀是感恩，总有一种美好是珍惜。建"宜居宜业宜游宜学大武口"不是停留在口头的谈资，而是落实到行动中的体悟；"五湖四海，自强不息"不是高居半空的人为定义，而是代代繁衍，生生不息的实干；"塞上煤城，山水园林"不仅仅是简单称谓，更是所有追梦人的心手相牵与继往开来。

爱这座小城最美的人间烟火，赞这里百姓如此惬意生活。

一碗凉皮里的江湖与烟火

　　简单的食材，碰撞出难得的美味，一碗凉皮承载了很多人四季饮食，大武口凉皮也因此成就了这座城市独属自己的味蕾记忆。

　　2021 年最后一天的中午，我在相隔六年多再次走进这家名叫"杨慧凉皮"的小店——做着长年积累的味道，守候着普通人的舌尖记忆。推开门，给我打招呼的仍是那个名叫杨慧的老板娘，她一眼便认出了我，我们两个同时说出了"好久不见"。"姐，还是一大碗凉皮？"默契地对视后我们心照不宣。墙上的价目表上写着大碗 9 元，我扫了二维码付了钱。杨慧端着一大碗凉皮走出厨房，边走边说："你多交了 1 元钱，明天才涨价到 9 元，今天还是 8 元。"随后递给了我 1 元现金。二维码旁边果然有张 A4 纸，上面写着"自 2022 年 1 月 1 日起大碗凉皮 9 元一碗"的字样。

　　在儿子上初中到高中的六年时间里，我们母子经常光顾这家小店。小店不大，装修简陋，桌椅不配套，却干净整洁。每次都是老板娘迎来送往，端碗送筷，她丈夫则一直在厨房里忙活。常看到他们读小学的儿子趴在餐桌上读书写字。熟悉他们夫妻俩后，我才知道他们一家人的生计都靠这间酿皮店支撑。

坐下来享受着这份凉皮带给我的快感。那薄薄的凉皮，有着丝绸般的凉滑柔软；筋道的面筋，像极了六年前与儿子分享的 QQ 糖；根根凉皮饱蘸汁水满口留香、嚼劲十足——还是我喜欢并习惯了的老味道！

小店里有一对正吃着凉皮的母女。其间，前后有两个学生模样的年轻人各自点了麻辣粉和凉皮带走，还有位上了年纪的大妈坐下来点了份馄饨。我看杨慧不忙时就与她交流起来，她的儿子已经在读大二，她的丈夫正在外采购明天的食材，小店又新增了麻辣烫和馄饨，他们每月的收入可以，略有结余……

每天清晨四点，夫妻俩就要起来洗面、做凉皮，年复一年，日复一日，调好一碗又一碗，端出一碗又一碗。我和儿子在小店买了六年的凉皮，偶尔打包带回家，路上也从未出现过汤汁溢出弄脏衣裤和车子的情况。夫妻俩的干练和精细让我佩服。

在儿子读大学到读研究生的六年时间里，因工作原因，我没再光顾过这家小店。几年前，当地政府曾开展过评选名优凉皮的活动，杨慧凉皮没有上榜，为此，我还心有不平。

把做凉皮、卖凉皮当作谋生的手段，这对夫妻竭尽全力，全心全意为顾客着想，坚持手工洗面，货真价实，赢得好口碑。走好自己的路，种好自己的田，这是人在江湖的本分。这对夫妻有着困境中不低头的硬骨、有着河边行走不湿鞋的自信，有着人在江湖身可由己的坦然。十几年的小店经营，上坡时低一低头，多一点谦卑；下坡时昂一昂首，多一点自信，我想，这该是杨慧凉皮店没有在竞争中倒闭、没有在淘汰中停业的秘诀吧。他们坐得住冷板凳、耐得住长寂寞、忍得住独清贫，铸就了属于自己特有的品牌、固定的客户、脱俗的风骨，在这个江湖，他们是赢家。

　　杨慧说，读大学的儿子每月只要1000元的生活费，孩子节俭、懂事，从不乱花钱。我心里很是感动：这是一个懂得感恩、心疼父母的好孩子，他从小在店里看惯了父母起早贪黑、苦心经营的不容易，这何尝不是一种值得提倡的沉浸式教育？当初那个在人声嘈杂中坐于小店，在餐桌边静下心不受干扰学习的孩子，如今走出了小店，走向了更为广阔的天地，且未来可期。这方并不大的人间烟火处，走出了一个品质优秀的孩子，这该是夫妻俩最大的幸福吧！

　　始终努力在自己的生活之上保留一片天空，实在难能可贵。人间没有永恒的夜晚，世间没有永恒的冬天，经年后，平凡的一家人用一碗凉皮，努力演绎了人间烟火深处最佳的生活状态。

　　于江湖中行走、烟火中盛开的，不只是这碗可咸可甜、

可酸可辣、可淡可浓的凉皮，还有这小巷深处一庭春雨、满
架秋风的快意人生。

南沙窝的秋天

从未像这个秋天这样，如此热爱、欢喜母亲的居住地南沙窝这片烟火气。20世纪初，矿区职工家属集体搬迁至南沙窝居住，至今已有十余年。三线建设时期，由于矿工大多来自东北，所以矿区便保留了厚重的东北生活气息。浓郁的、带有东北味的人间烟火气，也随着矿工家属的迁移入驻城市。乡愁蔓延，清浅时光中继续行进的仍是矿区人对生活的态度，充盈、填塞的是大写的爱、悠闲的话与爽朗的笑。

早　市

南沙窝早市以建筑规模大、商品种类多、人口密集、居民购买力强著称于这座不大的小城。太阳尚未升起时，店家已摆放完毕各种售卖的商品，做好迎接顾客的准备。南沙窝常住人口中老年人居多，收入相对稳定，是早市最具购买力的一群人。因东北人居多，这个早市商品种类具有明显的东北特色，商贩中多数人也操东北口音。

深秋的早市异于其他季节。这里如同丰收的大展台，大地上金黄、碧绿、深红的农作物被一股脑地搬到这里，在阳光下任性地铺开，炫耀着。各种冬储蔬菜摆放在明显位置，占据着重要地位，买的人也多，他们大把抓、大捆系、大袋装，高兴而来，满意而归。其他小区的居民也会乘坐免费公交车，一大早从市内赶来，在早市幸会老同事、偶遇在矿区一同长大的发小，有欢喜，更有惊喜。

我最喜欢早市上出售的东北血肠。卖血肠的女老板在矿区时就有十几年做血肠的历史，味道越做越好。刚出锅的血肠，是一款极美的特色东北菜。我认为香喷喷的血肠中点缀的翠绿葱花就是它的灵魂。我们兄妹几个齐聚父母家时，"当家菜"除了烩羊肉，就是这款老少皆宜、富含铁元素的血肠。

好多年前，在矿区就认识了这个卖血肠的女老板。说她是老板，其实老板和工人都是她一人。天不亮她就起来做，快到中午时就卖完，几乎没有剩余。逢年过节要买血肠，必须提前预订，第二天才能买到。我儿子在其他城市工作后，还曾将这款矿区东北血肠作为本市特色小吃送给同事，让天南地北的人品味、知晓，为南沙窝特色血肠扬了名。

晒　秋

一座楼三个单元门前的空地上，大小不同、形状各异的席子、帘子一字排开，上面均匀地撒着青色的萝卜条、白色的芥菜丝、黄色的玉米粒、红色的枣子和枸杞。一些大娘、婶子、大姐、大嫂在楼前的阳光下忙碌着，有在盆子、桶中洗菜的，有手里拿着刀正在切菜的，有正在席子、帘子上摊开各种蔬菜的……晾晒的食材这一席是张家的，下一帘就是李家的，大家同时为一家忙碌，按程序流水作业，有说有笑，好不热闹。

楼间砖铺小径上整齐地摆放着大白菜、大葱，你家的连着我家的，我家的挨着他家的。两个窗户的防护栏间，有铁丝相连，上面吊挂着绿绿的、长长的芥菜缨子，散发着淡淡的辛辣味。两棵大树间的绳子上，高挂着五颜六色的被褥，有人正用竹竿有节奏地敲打着……这些画面我在矿区居住时曾无数次目睹，满满的都是熟悉的场景，恍若时光倒流，我又回到了曾经与矿工矿嫂和谐相处的那些温暖而充满乡情的日子。

人间烟火气随着这群在矿区开花、在城市绽放的百姓的脚步，风风火火地点亮了柴米油盐的居家生活，点亮了万家灯火的温暖璀璨，点亮了磅礴有爱的万象人间。

腌　菜

"这几个缸，搬家时一定要给我带上。"母亲千叮咛万嘱咐。2006 年，我们从矿山搬家至大武口时，扔掉很多值钱的东西，但廉价的、用来腌菜的大小共六个缸却一个都没落下，经历长途颠簸，小心翼翼地装卸，同我们一块定居在新的楼房中。2012 年搬迁至南沙窝后，每到秋天，这几个缸就会闪亮登场，快乐"上岗"，淋漓尽致地发挥出其应有的作用。

在太阳底下晾晒了几天的大白菜，去掉不太好的叶子，长得大的就会从中间破开，分两半码放到最大的缸里，个头小的就整棵放入缸内，一层白菜上撒一层盐，倒上事先化好的盐水，压上大块鹅卵石，最后把缸放在地下室的角落里，经历一个多月的发酵后，就可以做酸菜炖肉、包酸菜饺子了。

其他几个个头相对小的菜缸就作为泡菜坛子，泡菜坛子里面腌制的蔬菜就更丰富了，会分别腌制芥菜疙瘩、芥菜缨子（或雪里蕻）、蒜茄子、糖醋蒜、各种小菜（包括胡萝卜、莲花白、地环、青椒、豇豆等）。

随着农业科技的推广，冬季种植蔬菜的温棚越来越多，寒冬腊月里百姓们吃上新鲜蔬菜已经不是问题，但冬储蔬菜还是被经历过蹉跎岁月的矿区人延续下来，成为一种传统。北风呼啸的雪夜，下了夜班回到家里，家人为你端上一碗热汤面时，就着桌上的各色小菜，收获的是一种久违的感动，一种重回少年的渴望，一种带有妈妈味道的回忆，一种"游子他乡粥可温"的百般挂牵。

打　牌

这个秋季去南沙窝看父母亲，最愿看到的仍旧是他们和一群为矿山建设作出过贡献的老矿工和家属们围桌而坐，打牌，玩着"跑得快"。母亲一桌，父亲一桌。阳光照射下，谈笑风生的老人们精神矍铄、手脚麻利地玩牌。这一幕，让我这个曾经的煤二代因煤矿工人及其家属的身体健康而幸福感爆棚。

晨起，这群老年人在星海湖湿地公园锻炼回来，必去早市"打卡"，满载而归后开始做午饭；中午小憩一会儿，他们两点准时聚单元门前打牌。打牌的过程中，每个人当月开了多少钱，谁家孩子有出息，哪位老同事身体欠佳，要组团去看望等，是他们常谈起的话题，退休人员养老金又涨了等，也常常挂在这些老人的嘴边。

"人间烟火味，最抚凡人心"。在每一寸草木光阴里深情留恋，在每一碗人间烟火中知趣分享，在每一处四方小院守应景流年，闲品岁月，慢煮时光，何尝不是一种澄明通透的开怀呢？

我要把人间唱遍

　　"家属工"是指20世纪六七十年代，曾在石油、煤炭、化工等19个行业的国有企业中从事生产自救或企业辅助性岗位工作的女人。在矿山艰苦的建设史上，我们不能忘却这样一群身份特殊、参与创业、业已消失的女工。矿山家属工都是矿工的妻子。母亲在煤矿生活40年，做了20年的家属工。

　　作为煤城石嘴山的第一批建设者，母亲和她的"家属工"姐妹们现在都已年逾八旬。2022年春节期间，母亲邀请身体硬朗、年轻时便在一起做过"家属工"的6个姐妹来到家里。山河远阔，人间烟火，静思往事，如在目底，她们从日上三竿聊到夕阳西下。

　　"家属工"是家中的"大总管"。这些在矿山做着家属工的女人，除了没有每天下井，她们同男人一样干着出大力、流大汗的体力活，同样的上班、下班时间，还承担着照顾矿工丈夫和孩子、承包全部家务的劳作。她们总有纳不完的鞋底，织不完的毛衣，总有缝不完的鞋垫子、洗不完的衣服，更有聊不完的关于丈夫、儿女的话题。矿工们每月所发的工资都交到了妻子手里，她们是矿工家里主内又主外的真正当家人。

说到矿工家中的"大总管"，每一个矿工妻子都实至名归。

20世纪80年代初，我和大弟弟该上中学时，母亲与父亲商量该不该送我俩回山东老家读初中。这是件关乎全家经济收入能否够承担这笔高额支出，关乎我和弟弟的前途命运，关乎三年间山东和宁夏两地亲戚家能否有效关照两个十几岁孩子安全的大事。看得出父母的抉择很艰难，母亲皱着眉，好一会儿没有说一句话。我知道，母亲考虑的事远不止这些。父亲微薄的工资如何支撑一家五口异地生活的花费？母亲看了看我，一个成长发育期的女孩子，谁来指导她月经初潮时该如何处理？一天后，母亲送我和大弟坐上开往山东老家的火车。母亲在我的行囊中装上了她亲手缝制的经期专用的小垫子。

"军功章"里有"家属工"的一半。她们节俭着，心里装的只有丈夫和儿女，唯独没有自己。丈夫是她们的命根子，有好吃的先给丈夫再给儿女，剩饭剩菜她们吃。穿的也是如此。丈夫出门在外要穿好，儿女上学读书也不能穿得差，委屈的只能是自己。给丈夫一个温暖的家，让他安心井下生产，给孩子一个快乐大本营，让他们幸福成长。矿山史册上应该镌刻但没有记录家属工的功绩，然而矿工们的"军功章"上却赫然烙印着作为建设者的她们曾风雨春秋挥汗如雨的昨天，记载着她们作为母亲曾"献了青春献终身，献了终身献子孙"的博爱和担当，记载着她们作为好儿媳曾十几年如一日孝敬公婆的中华美德。

王阿姨住在我家隔壁，她比母亲小一岁，家中有五个孩子。她留给我的最深印象就是她一直背着一个孩子。这个孩子生下来就是脑瘫，王阿姨从未嫌弃过。每年夏天，矿工家属都是在自家院子里的灶台上做一日三餐，早晚做饭都还好，但中午阳光直射，温度很高。每每看到王阿姨做午饭，她背上的孩子有时哭闹着，眼泪鼻涕抓得满脸；有时吃得满嘴流汤，双手黏乎乎的，胡乱涂抹着；有时睡着，脑袋随着王阿姨干活的姿势东倒西歪。而王阿姨永远是一缕缕湿漉漉的头发紧贴在额头、脸颊，汗水流进眼睛时，她用手臂胡乱一抹，有时用左手，有时用右手，于是王阿姨的脸上时而抹上白面、时而抹上锅黑。虽然那时我很小，但还是莫名心疼比母亲还要辛苦的王阿姨。

"家属工"是"新大陆"的开辟者。计划经济时代，粮、油、肉都是定量供应，矿工们每家都有几个正在长身体的孩子，对于从事井下体力劳动的矿工来说，要吃饱实属不容易。家属工们必须自己动手，丰衣足食。她们起早贪黑，开垦荒地，向荒山要粮，各矿都有了属于自己的农场。人勤地不懒，在她们的辛勤耕耘下，庄稼一茬接一茬长势喜人，矿山农场成为贺兰山腹地、戈壁荒滩上的绿洲"南泥湾"，解决了矿区粮油、蔬菜和肉类短缺的问题。在母鸡产蛋高峰期，孩子们"大米饭炒鸡蛋"的梦想终成现实。由于长期从事繁重的体力劳动，手脚或者腰部被砸伤、扭伤的家属工都留下了不同程度的后遗症。

春节聚会的饭桌上，樊大娘望着几个相伴大半生的老姐妹说："还记得我们坐敞车去农场上班的事吗？"大家七嘴八舌。"天不亮就统一坐上解放牌军用大汽车，车厢里人挨人、人挤人，站得满满的。""随着汽车上下坡和拐弯，大家在车里东摇西晃，时不时有惊叫声在空旷的原野上回响。""早饭自己在家吃饱，午饭发两个甜味发面饼，我们还舍不得吃，带回家给孩子，自己啃自带的干馒头。""春夏秋都好过，坐车上班不难，冬天可就惨了。看我的手上，至今还有冻伤后遗症，时不时痒痒，难受的。"听到这些，已过半百之年的我泪流满面，生活给了这群当年为大家顾小家的女人太多的苦难和磨砺。望着这几位风烛残年、满脸风霜的长辈，内心的爱怜和敬重油然而生，我为她们添茶倒水，悉心问候。此刻我做得再多，也回报不了她们年轻时所付出的万千辛苦之一。

"家属工"是不同岗位上的熟练工。她们在炼焦厂里能烧焦炉，也能开拖拉机；在职工食堂里能烧锅炉，也能颠大勺；在白灰窑厂里能煅烧，也懂排放；在托儿所里既是保育员，又是保洁员；在理发店里能理发，也能刮胡子；在火车站台上又化身大力士，扬起铁锹往车厢里装卸煤炭……这些没有被国家统一配发任何劳保用品的家属工，通过人拉肩扛，肩膀磨破，鞋底磨穿，互助合作，充分发扬愚公移山的精神，表现出了"谁说女子不如男""妇女能顶半边天"的大无畏气概。

吕大娘是这六个老姐妹中长得最高最壮的一个，也是20世纪80年代在矿区炼焦厂工作时间最长的一个。矿区生产焦煤，将煤炼成焦炭，售卖价格就高，炼焦厂成了矿区创收的一个重要部门。"哪有性别差异，男女干的都是一样的活。""男人都下井采煤了，地面上的活多数都是家属工在干。""装卸、搬运、配煤、测温、污水处理，靠的都是人工，都是家属工们的双手双脚。炉内高温，炉外严寒，夏天一身汗，冬天一身水，那日子太苦了，咋撑下来的？"大娘、大姨们讲述着、感叹着，我的记忆里也出现了浓烟密布、漫天煤尘、一身分不清颜色的工作服里包裹着的一个个瘦弱单薄的身体，她们双手沾满煤灰、满脸只有牙齿是白色，她们不说话时还真分不清性别。

因为母亲也在炼焦厂工作过，所以当她们提起"胡桂荣"这个名字时，我的脑海里浮现了她的样貌——那个时代名字响彻矿区、人人敬仰的家属工代表，以吃苦能干著称，是全国劳模，受过中央领导接见。

"家属工"是大山深处盛开的圣洁之花，历经近半个世纪的风云变幻，仍是鲜活的、闪亮的星。家属工们虽然大多不识字，但她们思想觉悟高，爱矿如家，公私分明；她们吃苦耐劳、忍辱负重；虽没有进过学校读过书，但她们却懂得读书改变命运的道理，用言传身教培育孩子做人、成才……母亲与她的家属工姐妹们是"一个战壕里的战友"，"都有一颗红亮的心"。家属工身上集中体现了中国妇女的所有美德，她们的好品质点点滴滴融进了我们这一代人的血液里。

时光如水，无声即大爱；日子如莲，平凡即雅致。虽然家属工们已经渐渐淡出江湖，但她们为建设矿山、经营家庭、教育子女所作出的贡献，却丰碑一样屹立在儿女的记忆中。

第三辑 童年生活

记忆中不能忘却的味道

矿区生活于我而言，是过去的家园、是渐老的容颜、是难忘的童年，是再也回不去的日子，承载着昨日与今朝的记忆。因此，我常常怀念曾经的矿山味道。品味旧有时光。

读小学前，我常随父亲深入矿区腹地，那时的矿区是我的乐园。因为矿山是沸腾的，通风设备四通八达，24 小时运转，声响轰鸣，各种输送管道涂着五色的油彩延伸向远方，火车轰隆隆的奔跑声和着汽笛的长鸣。井口、站台、运输线、井架上色彩各异的灯光亮如白昼——矿山是多彩的、立体的、动态的，更是温暖的。父亲说，从这里出去的煤炭会让工厂发电，会让城市的冬日不再寒冷，会让黑暗变成光明。弥漫在矿山空气中的其实都是油浸枕木——煤焦油混合着蔥油的味道。时至今日，我对煤焦油不像常人一般厌烦，而是略有偏爱的主要原因——我是闻着这种味道长大的。

对于像我一样在矸石山上捡过煤的矿工子弟来讲，矸石山实在高峻、厚重，需仰起头才能看到从高处缓缓下滑到低处的矿车一路将矿石卸掉，大大小小的矸石从轨道两侧滚动着飞奔而下，我们一大群孩子等翻滚的矸石停稳后，争先恐后地挥动手中耙煤用的四齿或三齿的小耙子，跑向刚刚卸下的矸石夹带的小块煤堆，闻着矸石和小煤块独有的臭鸡蛋味道，快速地将大小不一、形状各异的煤块抢到自己的篮子或袋子里。当多辆矿车卸下的"新鲜"煤块被我们这些黑手花脸的矿工子弟哄抢干净后，我们就互帮着扎好袋口，把口袋捆到自行车上，唱着歌欢快地回家了。因为家里不用再另花钱买煤，我们为家里省钱了。

20 世纪 70 年代，矿工家庭也刚能吃饱，刚有衣穿。家境不好的孩子，对吃的追求是超乎想象的。大街上背着冰棍箱子沿街叫卖"冰棍、冰棍"的大妈、大婶们，炎炎烈日下嗓子都喊哑了，却不舍得尝尝它的味道。放暑假后，一群中小学生加入叫卖大军，他们没有经验，只凭着腿快、有精力，从早到晚穿梭在居民区的房前屋后。天黑还没卖完的话，这些五颜六色的长方形冰棍就会慢慢化成水，淌湿冰棍箱里的棉被，只能赶紧回到家，小心翼翼地取出来，放入碗中，因为家中还有期待哥哥姐姐带着卖不出去的冰棍回家的弟弟妹妹。这时，让弟弟舔一下，让妹妹吃一小口，看着他们充满期待的眼神，似乎还想再尝尝……其实，那个年代的冰棍配料简单，添加奶粉和牛奶的已是最佳美味了，白糖的甜味充满口腔里每个味蕾的感觉是如此的美妙和幸福。

老矿工多来自东北，诸如逢年过节、老人过生日、结婚娶媳妇这样的好日子，我们是要吃猪肉酸菜炖粉条的，这是我们认为最好吃的菜肴了。大片猪肉爆香，热油里下葱花，瞬间鼻腔里充满馋人的香味，锅中放入酸菜，翻炒后加水，快出锅时放入吸油的红薯粉条，盖上锅盖，大火烧开，香味弥漫，无论谁家炖酸菜，住宅前后排都能闻得到，小伙伴一秒钟内就能知道谁家今天要有好吃的饭菜了。小伙伴们羡慕的眼神，流着的口水，时至今日，历历在目。

欢乐颂

　　离开矿区十多年，想矿区的山、想矿区的水、想那里的人、那里的树，但我更想矿区的炊烟。

　　晚秋的一个傍晚，我在小区内行走，忽而闻到了久别的味道——泥土夹杂着植被的草木灰的味道。我贪婪地深吸两口，寻味而去——原来是退休的老两口在自家花园里燃烧落叶枯枝，为小孙子用原汁原味、土生土长的草木灰焖红薯！只一眼，我的思绪便一下子穿越时空，回到了熟悉的矿区，回到矿区上空冬日的炊烟里。四面环山的矿区内，所有建筑都是依山而起，唯一的狭长公路贯穿生产采区与家属生活区，蜿蜒至每家每户。

　　北方矿区冬日的早晨，天不亮，贤惠的妻子、慈祥的母亲便会早早起床，捅开压了一夜的煤炉子，缕缕浓烟便会从高低、粗细不同的烟囱一股脑地冒出来，由浓变淡、由深变浅，缭绕于简陋房顶的上空，时刻刮着的西北风分分钟便会将这股烟气撕扯得四分五裂，顺着风的方向飘去，转瞬即逝。而此时，每个矿工家中昏黄的灯光下，必有勤劳的主妇为家中的顶梁柱热好了饭菜，端上了饭桌。上早班的矿工们大口吃着，风卷残云般很快结束战斗，他们穿上棉衣、戴好手套，伴着那句家人月月讲天天说的"注意安全"，推出自行车、发动摩托车。院子里养的鸡三三两两从鸡窝里走出来，大黄狗早已候在门口送男主人出了家门。炉膛里火苗正舔着烧水壶底，水开了，咕嘟咕嘟冒着热气。女主人叫醒了睡在热炕上要去上学的孩子……炊烟下，是一个个和美温暖的家。太阳升起来，红火的矿区生活开始了。炊烟，升腾的是希望，是矿工心中美好的新的一天。

矿区的雪下得勤，下得大。最有温度的炊烟，在傍晚的雪落时分。住宅区每家每户的灯光陆续亮了，下班的矿工们进入自家院子，停好车子，拍拍身上的雪花，跺跺鞋上的积雪，一头钻进炊烟氤氲的屋子里，烟火人间最美好的生活便日复一日地重复上演了。

大片大片的雪花在矿区的夜空飞舞着，与每家每户的炊烟相裹挟，缱绻和缭绕着矿区的繁忙与悠闲、寒意与温暖、清贫与富有，构成了一幅矿工战天斗地的生活场景。静的是房屋，是温暖的日子；动的是袅袅升腾的炊烟，是雪落山岚的夜空。雪花、小屋、炊烟，一幅人间最和谐的生活画面，浸润了薪火相传、万家灯火的美意。

人内心的安全感，往往来自最本真的需求，在天寒地冻的冬夜，全家人围着火炉取暖。不管窗外的北风如何怒号，雪怎样纷飞，当周身环绕着暖流，使人内心深处感到分外心安。

父亲下班回到家，母亲端上饭菜，弟弟围着饭桌摆好小板凳，一家五口围炉而坐，吃饭、取暖、烧水、沏茶。父亲询问我们三个在校的学习情况，我们争先恐后地回答，父亲对我们有表扬有鞭策。有时，摆好桌凳，母亲的饭菜还没有上桌，我们三个孩子就围着饭桌做游戏，尽情享受满屋的腾腾热气，偶尔将冻红的小手伸到锅上让热气烘烤一下，温暖从指尖直抵内心。

冬夜，矿区的炊烟里怎会少了烤土豆片、烤红薯、烤粉条的味道？挑长相好看的土豆和细长的红薯埋进热炉灰里，每隔几分钟，用炉钩翻一次，保证它四面均匀受热。用抹布擦干净炉盖，将切好的土豆片摆在上面，快速翻过来，待土豆片两面金黄、香味扑鼻时装入盘中。炉坑里烤红薯和土豆、炉盖上烤土豆片的同时，还可以将长长的粉条插到炉盖的缝隙里，一阵噼啪声后，原来白色的细粉条瞬间华丽转身变粗变胖，成为孩子口中的小食品了。当烤红薯、烤土豆片、烤粉条的味道香气四溢，每个孩子红红的脸蛋上双眸闪亮，流下口水。剥开红薯皮的小黑手，递给小伙伴的烤土豆和高高举起的烤粉条，追逐的笑声，混杂在香气弥漫的炊烟中，留香在唇齿间，填满了童真记忆中的缝隙。围炉烧烤以解腹饥的炊烟，也终成为儿时记忆中最美的炊烟故事。

余光中说，人生有许多事情，正如船后的波纹，总要过后才觉得美。矿区的炊烟便如此。

菜窖，岁月不了情

时光不老，岁月有情。

菜窖，是北方人储备冬菜的地下仓库。出生在城市的孩子对菜窖也许没有记忆，但对在矿区出生或工作生活过的人来讲并不陌生。在我四十岁以前的每个时段都有着与菜窖相互关联、润泽心灵的故事，成为今日美好而幸福的回忆。

我十岁以前住的是窑洞，我家的第一口菜窖是搬家进来时就有的。不大的院子里，在离窗户不远处有个用泥土堆砌的窖口突出地面，长宽1米左右，上面用木板遮盖。之所以窖口要高出地面，是怕雨水进入，怕小孩子不小心掉入。不储藏冬菜的其他季节，窖口上盖着颜色鲜艳的防水布。

菜窖近两米深，内有木梯。窖内四壁上有五六个砍凿后凹进去的小坑供人踩着上下。那时，只有父亲可以不用木梯踩着小坑上下，而小孩子必须要用木梯上下。菜窖底部面积大约4平方米，十分不规整。梯子底部有一大一小两个洞，大的洞里存储的是白菜，大约能存储三四十棵。小的洞里存储的是土豆和青红萝卜。

　　关于菜窖，在我的童年记忆中，有三件事让我特别难忘。

　　第一件事是每隔一段时间我要下菜窖取菜。由于梯子上下两块木板的间隔很大，我个子小，腿短，不能跨越两块木板的间隔长度，所以，大多数情况下由父亲站在窖口，将绳子系在我的腰间，小心翼翼地将我送入菜窖底部，待我站稳后，父亲就会扔下一个布袋，我往袋里装上一棵白菜和几个土豆，有时还装两个萝卜。父亲在上面问："可以上来了吗？"我说可以时，父亲就会将攥在手里的绳子的一端放下来，我系好绳子，抱好这个布袋后，父亲才徐徐将我从窖下连同装着菜的布袋一同拉上来。这个过程我是很享受的。能替父母做点事，内心充满无上的荣光。要是再被父母表扬一句"真不错"，心里那叫一个美。

　　第二件事是藏猫猫藏到菜窖。父母都上班了，邻里的小伙伴来了几个，于是，在我家的小院子里、房间内就开始了藏猫猫的游戏，煤棚里、劈柴堆后、墙角铁桶后、箱子底下……最隐蔽的地方就是菜窖。长时间未打开口的菜窖很危险，CO_2 浓度很高，能把人毒倒，所以大人们再三叮嘱过菜窖里毒气很厉害。藏猫猫藏到菜窖是藏猫猫的"最高境界"是一件冒险的事，被父母知道是要挨打，至少挨骂的。虽然，躲藏在菜窖里的小伙伴最后一个被找到，但胜之不武。尽管如此，我们都还是有无数次敢于冒险、勇夺胜利的经历的。

　　第三件事是犯了错误怕挨批评，便下菜窖工作以将功补过。这时候多半是自己主动下菜窖，将里面的白菜逐个翻一遍，将底朝下的一面翻过来朝上，以降低白菜腐烂的速度。其实，这是一个耗时比较长，体力消耗比较大的重任。这是所犯错误比较严重时很好的解决办法。犯了错，必挨批，但当父母看到你在菜窖里工作一个多小时后，手和脸脏兮兮，衣裤上满满是土，一副"负荆请罪"的小模样时，也就不会语言太过严厉了，还会为你拍拍身上的土，倒盆热水让你去洗脸，表示他们已经原谅了你。这时，心花怒放的感觉还是有的。

1982 年，我们全家由窑洞搬迁到了砖瓦房的新家，收拾完家当，父母第一件事就是要在院子里挖一口菜窖。那一年，我已经超过十岁，全家总动员一起动手挖菜窖。不记得用了多长时间，在院子西面，我们一家人挖了一个约四立方米的大坑，方方正正。大坑挖好后，我们买了砖和水泥砌在土坑四周，用两根铁轨做梁，梁上铺好木板、油毡，最上面抹上水泥，找好平面，再砌个突出地面约三寸高的四方出口。父亲在窖内架设了钢管做通气管道，这样 CO_2 就可以顺着管道从窖内排出，再没有被毒倒的可能了。这次父亲新做的梯子使两块木板间的距离变短了，三个孩子也可以自由上下了。我们在窖内半空架起了多层木板，白菜可以分层放在上面，便于通风，使白菜的腐烂速度变慢，延长了储存时间。

1990 年，我们姐弟三个都参加了工作，这时储存在这口菜窖里的不再只有蔬菜,还有了苹果和梨这样耐储存的水果。作为山东人,父母在窖内还储存了大量红薯,这些红薯可以从秋天吃到开春。矿工的日子日渐变好,运输进矿的果蔬和食物也增加了。进入秋天后,单位配发了成箱的苹果或梨,能让家里的小孩子吃上好长时间。菜窖里散发的不再只有腐烂的白菜味,也增加了苹果的香甜味。漫长的冬季里,大人们哄小孩子也就有了新食物。菜窖里的苹果咋就那么好闻呢？直到现在想起来,对菜窖的感觉还是那么亲切。

　　回忆在岁月里沉淀。从童年、少年到青年,我的前半生里一直有菜窖的影子。尽管对菜窖的记忆已成为抹不去的五彩云,在钢筋混凝土的楼房中早已不再出现,但关于菜窖的美好故事依然挥之不去。

温暖岁月的火炕

我所在的煤矿，矿工多来自东北，20世纪六七十年代矿工家属们都住在窑洞，我就是在窑洞里的火炕上出生的。寒来暑往，斗转星移，距离最后睡火炕的日子细算起来也有20余年了。

北方矿区的寒夜，西北风裹着风沙铺天盖地，肆意敲打着门窗，雪落山冈，深可过膝。因为有火炕，人间最美的生活才会一幕幕、一件件陆续在贫苦的家庭里温情上演。经年后，在每个阳光灿烂、春和景明的日子里，在风雨交加、泥泞遍布的岁月中，我还能蓦然回首，如数家珍般一一品味，缅怀过往，感怀在心。

火炕，点燃生活的希望

穷人的孩子早当家。自我有记忆开始，同龄的男孩女孩都会生火点炉子——那种砖头、水泥混搭，有炉箅子、炉盖子的长形或方形的火炉子。用桦树皮点着碎木头放进炉膛，待木头被点燃再放上本矿自产的大小煤块，听着木柴燃烧的噼啪声，看着炉膛里蹿出的火苗和顺着烟囱冒出的由浓到弱的烟，就这样炉子被点着了。从炉膛里蹿出的热气经过火炕里多条不同的烟洞，水泥、石灰和黄泥混合抹平的炕面渐渐有了温度，火炕就这样越烧越热。点火升炉子，这是矿区孩子打小就掌握的一门生存技能。点火升着炉子后，小伙伴们的脸上个个抹得都像小花猫，你看着我，我看着你，扮着鬼脸，边打趣边说笑。童言无忌，两小无猜。这样的记忆美好而温暖，散发着历久弥新的芬芳与绿意。

火炕，温存有爱的日常

也许是小时家里贫穷，衣着单薄，觉得冬天是那么地漫长而寒冷。冬天一放学回家，我就脱掉棉鞋上炕写作业。白天火炕上的饭桌始终都在，不吃饭时就是孩子们的课桌。在面积不大的窑洞里，母亲在炉子旁忙碌做饭的身影，母亲那将单一食材瞬间百变的巧手，香浓的菜肴，这些至今都令我无法忘却。其实，说是炒菜，对于东北人都是炖菜，一口大铁锅，能炖了整个世界。在生活物资匮乏的年代，土豆、白菜、粉条、萝卜在锅里上下翻滚，热气腾腾，不大的房间里弥漫着饭菜的香味。妈妈的味道浸润心田，生根发芽，挥之不去。家的欢愉与温馨便定格于此。这就是儿时记忆里，点点昏黄的灯下，冒着热气的百姓生活；这就是儿女膝下承欢，老婆孩子热炕头的天伦之乐。它没有鲜艳明丽的色彩，也无绚烂华丽的辞藻，却是人间最朴实、最接地气的甜蜜日子。

火炕，孕育情感的温床

家有一铺大炕，全家三四个孩子，在十岁左右时都是睡在一起的。女孩子们在炕上玩"嘎拉哈①"、翻绳，男孩子则弹玻璃球、扇香烟折叠的"三角"。这些游戏都能在火炕上玩耍。在那个年代，能在同一铺大炕上追逐玩耍的小伙伴，之后必是患难与共的生死弟兄，必是彼此牵挂、天涯同心的朋友，必是茶余饭后倾心吐槽的发小。那时孩子们作业少，矿工和家属们也没有什么八小时外的娱乐，下班后串门子就是联络感情的最好方式。血浓于水的矿工情形成于同一巷道里并肩作战、挥汗如雨地劳作，成长于攻坚克难、砥砺前行，这种情感在时间的隧道中如大河奔涌，滔滔不绝。儿时记忆深处都是如莲般纯净的情、如蜜般甜美的爱。

人散后，一钩淡月天如水。

---

① 嘎拉哈，是猪、羊、狍子、鹿、獐的距骨，也就是后腿膝部接大腿骨的一小块骨头。

火炕，浸润书香的摇篮

窗外大雪纷飞，北风呼啸，玻璃窗上布满一层厚厚的霜花。在没有任何矿工叔叔、阿姨来串门子的情况下，我和两个弟弟就会早早睡在炕上，期待做过教师的父亲拿出那时最为流行的红色书籍，读英雄的故事给我们听。《红色娘子军》《林海雪原》《沙家浜》里面的情节我们自小就耳熟能详。我们就是在窑洞的火炕上见识了古今中外文字的美妙，领略了大千世界里图书的魅力，也是在这样的环境下我们姐弟三人喜欢上了各种书籍，知道了矿区外面世界的精彩。当我们静静地听父亲读书的时候，母亲便坐在炕边纳着鞋底、缝补着衣裤。看着母亲弓着身子的背影，听着父亲抑扬顿挫的读书声，仿佛整个世界都静止了，我们完全沉浸在幸福的时光里。好想让此画面定格，我们永远长不大，永远做父母的孩子，永远守护这岁月静好。

所谓长大，就是把原本看重的东西看轻一点，原本看轻的东西看重一点。寒冷冬日里有火炕的日子，就是北风那个吹，就是伴我成长的温情记忆，就是重了又轻，轻了又重的美好。

父亲给我盖被子

春节期间，全家齐聚父母家过年。

以往每年大年三十，父亲都会与大家看春晚、包饺子、放鞭炮、发红包。去年的年三十，父亲对这几项"常规工作"还思路清晰，主动作为，同全家人一起有说有笑，其乐融融。今年的年三十，父亲对这些却表现得很生疏，很被动，说笑明显少了很多。我们都发现，这一年父亲衰老的速度特别快，老年痴呆现象明显。

年三十这一夜，只要没有人睡觉，所有房间的灯是要亮到天明的，从记事起，我们家就是这样沿袭的。几十年来做这项工作的一直是父亲，是他打开所有房间里的灯，包括卫生间，监督每个人在这一晚都不能随手关灯。而今年的年三十，他第一次失职了。

春晚进行到 11 点的时候，包完饺子，母亲说："可以放鞭炮、煮饺子了。"父亲没有张罗，话也少。饺子端上桌，父亲只吃了三五个，就陪着大家看春晚。

春晚节目结束，父亲走进卧室，要脱衣睡觉。由于人多，我便最先走进父母的卧室，告诉大家我今晚陪父亲睡觉，弟弟说要带母亲去另一个房间睡。我们姐弟已有 40 年余年没有和父母同睡在一张床上了。

我熄了卧室灯，与父亲背靠背躺下。住宅楼都是地热，室内温度很高，我只将夏凉被盖在了肚子上，没有全部打开。我没有睡着，我知道父亲也没有睡着。

父亲过完年就 80 岁了，而我也早已年过半百。我成家立业后虽常来父母家，父母生病也去医院照顾，但像今晚这样如此近距离、能听见彼此呼吸声的陪伴还是第一次。孩提时代与父母同床的记忆早已模糊，只记得那还是在矿区同睡一铺大火炕的年代。

我不知道什么时候睡着的，蒙眬中感觉有人给我盖被子。借着窗外亮着的灯光和小区内路上闪烁的霓虹灯，我分明看到父亲佝偻着身子、蹑手蹑脚为我拉开被子，先盖上我的双脚，又将被子向上提了提，给我盖上了后背，随后，再给我掖了掖被角。

耳边传来父亲均匀的呼吸声。我转过身看着父亲干瘦的后背，情不自禁地将右手搭在了父亲的肩上。父亲以为我睡着了，小心地翻过身来，生怕压着我的手，然后轻轻地拉起我的手，在我的手心摩挲了两下，又摸了摸我的手背，随后将我的手臂稍弯了下，轻放在了我的枕头上。这是睡觉时最舒服的姿势。

我享受着父爱，没有动。

窗外干枯的树枝无力地晃动，满树绿叶的盛景已成过往。

父亲放心地睡去了，我闭着的双眼却噙满泪水。父亲怎么一下子就老了？父亲已经想不起来自己看着长大的住在对门的小姑娘叫啥名字，已经忘记扑克牌"三打一"怎么玩，不记得从他家到我家坐几路车，记不住夏天时曾同他的老伙计一块游过新区公园这件事……唉，父亲真的老了。

可以忘却很多人和事，但忘不了爱自己的孩子。几年前我看过公益广告中痴呆老人颤巍巍地往衣兜里装饺子，喃喃地说"我儿子最爱吃这个"那感人、难忘的一幕，没想到相似的情形很快就在我的身上发生了。

"他忘记了一切，但从没忘记爱你。"这句话一遍遍在我心中翻滚。父亲，我的老父亲，穷其一生都在爱我的人……

尘埃里开出节俭之花

20世纪70年代中期，我已经开始读小学了，记忆中家里总是有一个神秘的大铁箱子，和我当年的身高差不多，平日里上着锁。在父亲眼里，这可是一个百宝箱，分上、中、下三层，最下面一层放的是矿工常用的各种工具；中间一层有序码放着粗细不一样的铁管、弯头、三通，石棉板、石棉绳、电焊帽子、电焊枪；最上面一层是大小不同的螺杆、螺母、螺丝，还有粗细不等、样式各异的铁钉被分装在三个小木盒里。我深深知道，这是父亲多年来在废料堆里、在行驶车辆的公路上、在脚步所能丈量的矿区任何角落里，日复一日、年复一年捡来积攒的，是他视若宝贝的东西。在矿区大街上行走，父亲总能看到并捡拾起散落在地上、被人丢弃的零部件，他总是说，别看东西小，作用很大。

记得我上初一的寒假里，一夜大雪过后，积雪已经没过我的小腿。大清早，一位穿着工作服，身上有大面积结冰的矿工，气喘吁吁地跑到我家，说食堂正在给矿工做午饭时，暖气管道爆裂了，已经停工。因设备老化，矿上找不到配套的铁管和三通。因为知道我的父亲平时爱积攒这些零部件，跑来看能不能救急。在家休息的父亲迅速打开工具箱上的锁，只扒拉一遍便准确找出需要的铁管和三通，父亲踏着积雪和那个矿工赶去了现场。那一天，所有在井下工作的矿工都按时吃上了午饭。这件事让我第一次知道父亲的这个百宝箱有多金贵。

20世纪90年代是矿区发展的鼎盛时期，条件比以前好了，但父亲还是一如既往地捡回各种小配件，仍旧如获至宝地存入工具箱中。1999年，55岁的父亲退休离开国企到私企打工。选材用料、领取数量、切割下料，他处处精打细算，报废回收，号召身边人捡拾遗留、丢弃的零部件……勤俭节约依旧是父亲作为老一代产业工人身上最闪亮的品质。父亲爱厂如家的做法受到这家私企领导和员工的极大赞誉和肯定。他在这里一干就是七年，直到2006年搬到大武口居住。

深受父亲影响，在父亲80岁高龄的今天，我和父亲行走在城市宽阔的公路上，每当我拾起路边满带油污的一枚小小螺丝钉，将它小心包在纸里，放进口袋时，父亲还会说，你做得对，勤俭节约，不会过时。

多年前，儿子秉持勤俭节约的美德，在中石化宁夏分公司工作的两年时间里，大到机械设备，小到螺丝钉，他精细管理，科学调配，开源节流，成为设备管理的"红管家"。

相信尘埃里定会开出那朵节俭之花，因为曾有漫天星光照亮胸膛。

第四辑　矿山情结

小姨第二次来宁夏

　　能一次性看遍湖泊、草原、沙漠的城市，它的美或许长期以来被低估了。我所在的大武口就是这样一座山峦与田野、水草与清波、丽日与星辰相拥共生的小城。

　　父亲那一代矿工"献了青春献终身，献了终身献子孙"。我和两个弟弟顺理成章成了"煤二代"。我对矿区始终有一种忧伤而甜蜜的情结，她是我的命运，我的归宿。她的简单粗犷、她的原始苍凉、她的纯情坦荡——我是那么深情地爱着她。

　　2005 年，小姨从山东来宁夏看我们。那时，我们还生活在石炭井矿区。遍布石炭井百里矿区，风吹日晒、粉尘漫天的矸石山、排渣场、污水排放沟在无声地诉说着这里曾经的辉煌与光荣，讲述着半个世纪煤炭开采的光阴与时空故事。无论是斜井还是露天矿，无论是烟煤还是无烟煤，无论是国企还是私企，贺兰山深处的煤矿海一样连在一起。在推动经济发展的同时，也为贺兰山自然保护带来了不可逆的破坏，留下满目疮痍。

17 年后的今天，小姨再次踏上这片土地。为一改这么多年来她对这里是"煤城"，"出门走一圈，鼻孔都是黑的"这一偏见，年近八旬的父母决定带小姨逛一逛这个小城最美、最新的景致。

大弟开着车，我们一路向北。沿途的新绿肆意铺展开来，新植的行道树规矩地站立两旁，高低错落的绿化带一眼望不到边。

井口还在，选煤楼还在，矸石山呢？排渣场呢？

路边，群山环绕中梯田样的土山就是矸石山、就是排渣场。"填土围山""引水上山""植被满山"，让昔日的"黑"变"绿"。梯田一样的土山上，每层的高处是树，低处是新播撒的花草，生命在这曾经寸草不生的煤渣、矸石里扎下了根。

父亲说，树多了。母亲说山绿了。小姨说这里的变化看得见。

我家的后窗外就是森林公园，小区住户说森林公园是我们的后花园，其实，它还是一处名副其实的"花果山"。石头缝里种活的三万亩品种多样的树木，已然颠覆了小姨固有的"风吹石头跑，地上不长草"的"煤城"记忆。春有百花，夏有荷，秋有果万颗。贺兰山脚下曾经的戈壁荒滩，已被增绿褪黑的绿色屏障所替代。

小姨来的时候正值七月，森林公园里的各种瓜果已摆在路边，青绿的核桃和枣子挂满枝头。"宁夏的水果就是甜，还真是天下黄河富宁夏啊！"小姨说。

曾经的星海湖垃圾遍地，臭水横流，是污水排放和泄洪的水路。现在的星海湖水波旖旎，水面倒映着山形树影，山水大道绸带般穿湖而过，与湖光山色相得益彰。

曾经的奇石山荒草丛生，煤矸遍地，通过覆土绿化，置石造景，嬗变为"华夏奇石山"，一处集园林绿化、园林石、古文化展示、爱国主义教育基地于一体的 4A 级生态景观。

曾经作为泄洪沟的归韭沟与星海湖相连处，被改造成为今日的北武当河，她穿城而过，碧水清波，苇影婆娑，花香袭人。河水之上，形态各异的桥梁将绿缎般的城市装点。白天，人们在这里弹琴、诵读、放风筝；夜晚，湖光灯影，流光溢彩，人们喝茶、遛娃、慢跑，好一派人间烟火处，盛世祥和图。

小姨说："大武口人很会享受。"

因为父母住在南沙窝住宅区这里，小姨来的这几天大部分时间在这里度过。对比邻而居的星海湖南域，父母比较熟悉，那里是他们四季晨练的去处。南域湿地公园面朝星海湖，背靠贺兰山，风吹树林，芦花摇曳，水鸟翔集，林、苇、花、岛、沙齐聚一体，千姿百态，被大武口人誉为"小三亚"。

南沙窝住宅区让退休矿工和在宁东工作的万千家庭，享受到了"一山一湖一世界，绿水青山绕人家"的安逸与和谐。

尤其在春夏季节的周末，这里成为居家休闲的游乐场，孩子们在这里堆沙雕城堡、抓小鱼、学游泳，大人们则约三五好友在湖边烧烤、撸串，在星空下扎帐篷。

小姨很是感慨地说："没想到，矿工的生活环境如此惬意。"

小姨在山东时就听说过宁夏的葡萄酒很有名，于是她想参观一下葡萄酒基地。贺东庄园坐落在北纬38°的贺兰山东麓。就像南沙窝住宅区温婉的邻家小妹，于是一同前往。

黄河水灌溉着许多从国外引进的葡萄品种，在工作人员的引领下，我们参观了一眼望不到边际的葡萄种植园，有幸目睹了百年老藤，看了恢宏大气的酒窖、底蕴厚重的葡萄酒文化博览园、琳琅满目的藏酒，还现场学习了高雅时尚的品酒礼仪，让我们沉浸式体验了葡萄酒文化。

通过这几天的走走看看，目睹了"煤城"到"美城"的变化，小姨一改对大武口"傻、大、黑、粗"的偏见。如今，行走在大武口的大街小巷，一街一景、一路一貌，绿色独具；居民小区草坪如毯，鲜花怡人；机关庭院，一抹翠绿，几处雕塑，锦上添花。平坦宽敞的道路两侧绿树成荫，城市公园风格各异。

夜幕降临，霓虹灯、路灯、广告灯箱交相辉映，绘成一幅美丽新画卷。"住在宁夏，你们是真幸福。"这一评价让久居在这里的我们深以为荣。小姨也深深地爱上了这里。

浪在多彩的秋

雁过长空，枫红橘绿的秋天如果只蜗居在室内，不去大自然走走，那简直就是对这个季节的极不尊重。

如果说四季是个调色板，那春天就是轻描淡写随意泼洒的一抹绿，夏天是笔尖蘸满了油彩，行云流水般处处留情，涂了一遍又一遍的墨绿，冬天是洋洋洒洒铺天盖地般堆砌的厚重纯白。而秋天呢，秋天该以什么做主色调？金黄、彤红吗？

是的，秋天是金黄的。北国秋天的乡间小路，放眼望去，一大片一大片满是饱满成熟、压弯了腰、抬不起头的谷穗，金灿灿、沉甸甸。田间地头，欢喜的农人，收割的机器，一派丰收景象。全家秋游开车行至稻田处，年迈的父母一定要走下车来，用双手触摸谷穗，捧在手心里，像端详宝物一般。在父母的眼里，这哪里只是一穗稻谷，分明就是捧在手心里的万两黄金啊！

"待到秋来九月八，我花开后百花杀。"这一季，当之无愧的花魁一定是菊。周末好友小聚，园子里、小路上，醉人的黄，透着甜味，清香淡雅，如烟花般盛开，如瀑布般怒放，娉娉婷婷、风情万种。有时觉得这菊像是我一直喜爱的那位古代才女，她品性高洁，集诗词曲赋之韵，显抚琴弹唱之雅。

秋天是彤红的。贺兰山脚下，脚步所能丈量到的北武当生态旅游区内，万亩人工绿化树，十里火炬红叶林。每个太阳普照的清晨，我都会晨练至此。沿北武当牌坊前的公路向西而行，一眼望不到边的火红的枝叶洋洋洒洒肆意伸展。眼前的叶脉，失去了夏日的翠绿与鲜活，但如锦似霞的红晕彰显着生命饱经风霜，永不衰竭的光泽与色彩。片片红叶，经霜尤烈，树树火炬，朝阳下正熊熊燃烧。在这条公路上奔跑的人，无论是年老的还是年轻的，无论男人还是女人，追求的是美好的希冀与平实的生活。

"七月十五枣红圈，八月十五枣落竿。"北武当生态旅游区内，为数不多的枣树上，大红枣灯笼般挂满枝头，在阳光下得意地炫耀，蓬勃生长的是大片大片的酸枣林。山坡上、乱石中、岩缝里，只要有扎根立身之处，酸枣树都随遇而安、倔强生长。酸枣树一株挨一株连成片，红彤彤的野酸枣密密地挂在上面，梅朵一样笑得纯情、红得热烈，似一片片燃烧的云霞，醉了贺兰山的沟沟坎坎。酸枣树谦卑、坚毅、耐瘠薄，有极强的生命力，像极了来自五湖四海，且自强不息的石嘴山人。

秋天是青蓝的。今晨，雾气笼罩群峰，缥缈的烟气经过阳光的折射，让我们眼里看到的不再是一座座青山，而是一座座青蓝色的山。满山满谷青蓝的雾气，不深不浅、不浓不淡，汹涌着、翻滚着，吞没了山间的松榆、跳跃的岩羊、高飞的呱呱鸡。雾在山间游动，像画家随性泼墨，绘成丹青一幅。特有的丹霞地貌此刻色彩斑斓、层次分明、错落有致。天更高，山更秀，通透鲜亮。登高远眺，河道的远方，雾气渺渺，荡漾着一抹青蓝。悸动的雾，充满时光的味道。登上观景亭，回望城区，不见炊烟，家园退隐，思念绵长，青丝白发。

"月是故乡明。"地面月白色的光已幻化成霜，月光穿过玻璃窗，没有灯光的室内让夜色更加幽蓝。此刻，月洒清辉，造一方澄清的心境，留一片诗意给自己。

秋，金黄是你、彤红是你、青蓝是你。请将世间的真情都交付于秋的美意吧！

我与绿皮小火车的故事

绿皮火车承载着工业时代的辉煌记忆，讲述着煤炭开采的光阴故事，记录着煤矿工人的青春岁月。说它小，是因为它与现代高铁、动车相比较而言，但它在我心里仍旧似永恒的丰碑，岿然屹立。

我出生在宁夏与内蒙古交界的一处矿区。矿区在20世纪至21世纪初，都归属大名鼎鼎的石炭井矿务局。我所在的煤矿有个闪亮的名字——乌兰煤矿，"乌兰"在蒙古族语中乃红色之意。

乌兰煤矿位于贺兰山腹地，偏僻、干旱，满是戈壁，蕴藏着丰富的煤炭资源。父辈都是老实、本分、善良、不惜力的矿工。联系煤矿与外界的交通工具除了每天上午和下午的两班大巴外，最主要的就是这列由银川始发，终点到达汝箕沟站的绿皮小火车。绿皮小火车每天中午十一点前后经过呼鲁斯太，下午两点左右再由终点站返回。这列绿皮小火车是我们矿区人的最爱——因为它票价便宜，2元到大武口、4元到银川。

在所有商品、所有运行车辆的票价都上涨的背景下,绿皮小火车还保有原来的价格,让我这个家境贫寒的穷学生得以及时回家,是这列小火车维系着我对家、对父母、对两个弟弟最真实的思念。直到今天,提笔记录这列小火车时内心满满的都是爱。20世纪80年代末,我在宁大、大弟在沟口技校、小弟在石嘴山师范读书——三级工的父亲靠着仅有的每月三百多元工资同时供养着三个孩子上学,这是多大的经济压力啊!还好,我们都坐小火车往返,每月全家人团圆一次。我们一家人该有多么珍爱这列准时、安全又便宜的交通工具啊!这种感激,根植内心,从未改变。

2006年秋,企业学校移交政府办学,我的工作随即调往大武口市区,丈夫依旧在矿山工作。于是,夫妻间开始了长达10年的两地分居,我带着孩子经常坐绿皮火车探亲的模式正式开启。戈壁荒漠擦窗而过,长短隧道呼啸穿越。车上,我给儿子讲着他小时候骑在爸爸脖子上跋山涉水的故事;讲矿工们井下采煤的艰辛与劳动的快乐;讲隔壁座位上一同坐火车的李阿姨和矿工王叔叔的爱情故事……

2008年的大年二十九,是我记忆中风雪最大的一天。我忙完手头的最后一点工作,前往火车站买票准备赶回乌兰煤矿的家过年。去火车站的路上没有公交车,没有私家车,甚至没有自行车,白茫茫的大雪铺天盖地,还有和我一样步履匆匆的行人。感谢绿皮小火车,在所有交通工具被风雪阻挡不能行驶时，仍旧给我一个回家的工具；感谢绿皮小火车的准时抵达，让我在大年三十体会到回家的温暖；感谢绿皮小火车上陪我一同赶回各个矿区阖家团圆共度除夕的矿工亲属们。一车厢的欢笑，一火车的快乐，一条路的幸福。片片雪花迎风飞舞，但我感觉不到一丝寒冷。

　　想念乘坐绿皮小火车的每一个日子。虽然这列小火车一路向北所抵达的每一个站点，没有如画的风景，没有热闹的街市，没有光鲜的衣着……但生活在那里的人们却有着朴素的生活、遥远的梦想，即使天寒地冻，我们内心也会有山高水长，如云锦绣。

邂逅又一季桃花

　　沿朝阳西街走到尽头，便可进入北武当风景区，再依次穿过森林公园纪念碑、花海观赏入口、罗马柱广场后，就来到了一片开阔地——两排健身器材处。这里是十里野桃林的边缘，从这里看桃花林，似海桃花一眼望不到边际，蜂飞蝶舞，香气袭人。

　　最是三月底到四月初"人间四月芳菲尽"的好时日，开得旺盛的野桃花。每天的清晨都成为我晨练的愉快的邀请。

　　说森林公园里的野桃林有方圆十里，言过其实，但对蛰伏于漫长冬季的北方人来说，有桃花开、有桃花的香气四溢，便是磅礴、便是无际了。

　　在中国古典诗歌中，桃花有着道不尽的魅力。十里桃花深处，闭了眼，嗅着远了又近，近了又远的缕缕幽香，想起陶渊明笔下世人向往的桃花源；想起"人面桃花相映红"的姑娘；想起"桃花潭水深千尺"的兄弟情义；想起江南才子唐伯虎笔下的桃花庵里"但愿老死花酒间"的人生态度……一缕春风，一树桃花，一样的桃花林。

且不说每个桃花盛开的日子，如织的游人或驻足拍照，或打卡欣赏，总有欢声笑语，总有人间烟火。这个春日，如若没有桃花，偌大个园子，定会少了一点韵味、一丝风情。

随着小城旅游资源的不断开发，来自四面八方、相约穿越归德沟和韭菜沟的人越来越多，风尘仆仆的赶路人，在山间小路、在峰回路转的一瞬，看到一株株自由生长、野性开放的桃花，与正当豆蔻年华、美人一般的桃花撞了个满怀。这一刻的你，哪管天边的云霞，此刻"更胜却人间无数"。

大片的、独株的灿烂桃花，将自己盛开得丰盈美丽，桃之夭夭，灼灼其华，何其快意！

你，还不来一次美丽的邂逅吗？

我的贺兰山

贺兰山石嘴山段面积 1605.7 平方公里，占石嘴山市土地总面积的 30.24%，呈东北—西南走向矗立于市境内西侧。这里有群山迭嶂、壁立千仞的壮阔，这里有蓝天白云、群鹰翱翔的雄浑，这里有四季流转、画意诗情的唯美。贺兰山蕴藏着多少宝藏，隐藏着多少神秘？掀起你的盖头来，让我看看你的美！

冬游红果子沟，还你天然冰雪世界。寒夜里，一场大雪普降贺兰山，"大河上下，顿失滔滔"，洗涤了素日干燥，群山平添些许柔和。大自然的神奇手笔绘就了一幅千里江山图。"细看不是雪无香，天风吹得香零落。"峰回路转间雪花飞舞，雾凇一路绽放。万物无声，纯净雅致，令人心旷神怡。

夏日里响彻幽谷的悬泉瀑布，此刻化为晶莹的玉带、冰锥、冰挂，高高悬挂在陡峭的悬崖边，形成形态各异的冰笋、冰牙、冰柱。仰视眼前这 30 余米高的冰笋，阳光下熠熠生辉，夺人眼目，让人忍不住赞叹大自然的鬼斧神工。不远处，岩羊时而飞奔如闪电，时而静默如雕塑，给雪色世界增添了灵秀，注入了生机与活力。

关于王泉沟的得名及传说很多，故事也很神秘，关乎爱情，传颂美好。大小王泉沟峡谷对峙、山峰高峻，峻石犬牙交错，乱石堆积，水流纵横，壮观优美、苍凉古朴。春、夏、秋三季，泉水叮咚，溪流潺潺，绿植遍野，有名字的、没名字的，散在草丛里，像眼睛，像星星。"野芳发而幽香，佳木秀而繁阴。"沟内草木绵延数十公里，水和云架起梦中走过的路径，高山之巅似乎隐藏着上古神兽的踪迹。多想让灵感插上想象的翅膀，仙踪绿野间驰骋。穿越历史，回眸"化石谷"，岩石上形态各异的动植物化石，神情永驻，仿佛静心倾听着远古的足音。你不来访，我便千年静默；你若来寻我，我便还你一世的惊艳。一批又一批四面八方慕名而来的徒步者，跋山涉水，只为一睹你的芳容，四海交友，胜景畅游。

山，是城市的精神；山，是城市的灵魂；山，是时代的记忆。这青山秀水，是连接远古与未来、昨日与今日，理想与现实的七彩云霞。

探秘韭菜沟军事文化，寻古今兵家重地。韭菜沟峡谷全长 10 公里，四面环山，清凉幽静，水草丰美，秀色可餐。怪石嶙峋处，奇峰屹立间蜿蜒着一条清澈的小溪——尚未进入峡谷，耳畔便能听到河谷中泠泠作响的溪水声。逆水而上，总有山重水复，柳暗花明。相信你游历过许多名山大川，见证过祖国的锦绣山河，可你见过塞北左有古长城、右有烽火台的壮美苍凉吗?

　　这条峡谷排列着秦汉至明代的长城、烽火台，再现了韭菜沟前世今生的战略地位和军事价值。蓝天高远，白云浮游，贺兰山巅古城墙的巍然屹立。这里是"关中之屏障，河陇之咽喉"，这里是铁马冰河，经历秦砖汉瓦，历史上的兵家必争之地。

　　韭菜沟四季分明，各有美好可观赏：春看山桃花开，一朵两朵，一树又一树；夏尝泉水甘甜，浸漫山坡，绿草如茵；秋品粒大饱满，酸甜可口的酸枣；冬赏旷野的雪景——怀想诗人艾青的诗句"为什么我的眼里常含泪水，因为我对这片土地爱得深沉"。

　　集奇、险、秀于一体的地质公园——归德沟。早在2005年，归德沟就成为宁夏第一个自治区级地质公园，其地质构造两亿年前已具雏形。不说这里有陡峭挺拔的高山、火山爆发形成的熔岩，不说这里有瀑布奔泻的溪流、有芬芳如画的花草，也不说这里有夜幕降临的蛙鸣、盘根错节的松柏和果满枝头的酸枣树林，单是国家级重点保护类濒危动物岩羊、鹞鹰、野鹤的经常出入也已经让人惊奇。奇石嶙峋，山势陡峭，险峰众多，似人、似物、似禽、似兽，万千变化的象形景观，气势雄浑壮观。峰回路转中一不小心与在崖壁上栖息的呱呱鸡撞了个满怀，上百只呱呱鸡振翅飞翔，气势宏大。在崇山峻岭间，不仅有云蒸霞蔚中的千岩万壑，更有着山明水秀和桃红柳绿的季节变换。哪怕是暴风骤雨过后，你仍可以欣赏到莺歌燕舞、风清月朗的美。

山川之美，古今共谈。贺兰山有待嫁女儿般的娇柔和羞涩，更有青年般的健壮和挺拔，撩起你神奇的面纱，你的长天归雁已经惊艳到我，震撼了生活在这片沃土的宁夏人！唯愿你天更蓝、水更绿、山更美！

忙　年

　　"小孩小孩你别馋，过了腊八就是年。"这句从童年时就耳熟能详的儿歌伴随我走过半个多世纪的风雨历程。关于忙年的故事随着世事的变迁、岁月的更替、阅历的增长都发生了不可逆的变化。但对于每一个忙年的过程，都有些许美好和欣喜可供分享。

写对联

　　1987年秋至1990年秋，小弟初中毕业后进入师范学校读书，三年中每个寒暑假都要写大量的毛笔字作业。一个个在报纸上书写的毛笔字慢慢成长，日渐丰腴。在师范学校学习的第二年开始，腊八过后，父亲便开始让自己的小儿子为家里写"福"字、写春联了。贺兰山深处的乌兰煤矿，工人多来自东北，住宅区内前后排房子里住的大多是操着东北口音的张叔、李婶、王大爷和赵大娘。这些淳朴善良、吃苦耐劳的矿工、矿嫂们，在每年腊月接到由工会送给每家每户的两副对联和两个"福"字后，感觉到家里的仓房、煤棚、粮缸、鸡窝上还是缺少点缀节日气氛的大红的"福"字。邻居们在看到小弟写的对联或"福"字后，便前来向父亲讨要，父亲满口答应。于是，父亲白天买来几张大红纸，晚上，左邻右舍就汇聚到我家不大的平房里，看着小弟在写字台上摆开了阵仗。张叔说要四个"福"字，李婶要一副对联，王大爷比画着要大大的"春"字贴在家中重要家什上，赵大娘则说她家门神两侧贴的对联要有特色，要让小弟给量身定做一副。大家讨论着、说笑着，吃着瓜子、喝着茶，满屋子的乡音，好不热闹！看到眼前这些青春年华背起行囊告别爹娘，从东北来到贺兰山下，一干就是十几年，此刻满脸胡子拉碴的矿工们，我们一家人从内心深处生发出满满的敬意。母亲的水倒得更勤了，小弟手中的毛笔握得更稳了。这些既要照顾下井挖煤的丈夫吃喝，还要抚育矿工子弟长大、精打细算每日开销的矿嫂，三人一伙，五人一簇，说着家乡过年时的习俗，脸上充盈着辞旧迎新、期盼美好的快慰与幸福。大年三十一大早，矿工们便开始在家家户户大门上贴对联、门神和"福"字，在院子里贴上大红的"春"字，感觉整个矿区的大街小巷都沉浸在红红火火、祥和喜庆的节日气氛中。

小弟在家中为矿工写对联的事持续做了很多年。今天，当我提笔记录这一场景时，脑海里那些吃苦流汗的矿工形象仍像过电影一样一一浮现。如今那些都已年过八旬的矿区老人，还有多少人能参与到忙年的期盼与幸福中？

包饺子

"过年，其实就是给小孩子过的。"母亲的这句话，初闻不解其中意，读懂已是不惑之年。

在矿区，年夜饭有吃饺子的传统，到了大年三十的晚上，最重要的活动就是全家老小一起动手包饺子。平日里父母工作都忙，在我和两个弟弟年龄都还小时，他们就有意识地教我们做饭，包饺子就是其中一项，所以我们在很小时就学会了擀饺子皮儿，右手拿着擀面杖左手提溜饺子皮儿，两手相互配合，三下五除二就能将饺子皮儿擀成四周薄、中间略厚的小圆饼。父母和好面、拌好馅，在春节联欢晚会进行到十点左右时，我们三个小孩子便将手洗干净，和父母围坐在面板前，边看春晚边包饺子。我们姐弟三人负责揉面、擀皮儿，父母负责包。我们三个小孩子擀的面皮供应不上父母包饺子的那一刻，父亲总会伸出援手进行帮助。只需几分钟，好看又好用的面皮儿就在母亲面前堆成了小山。父亲边擀皮还要不时地手把手教我们方法和技巧。随着春晚节目的高潮迭起，一家人欢声笑语和着窗外震耳欲聋的鞭炮声和夜空中绽放的礼花，我们包饺子的行动也进入尾声，包好的饺子一圈圈整齐地摆好，随后沸腾的大锅里开始上演"南边来了一群鹅，噼里啪啦都下河"的煮饺子场景。这时候，大弟便自觉地到院子里用竹竿挑起成挂的鞭炮，小弟也会主动在地面摆好礼花炮，饺子出锅时，母亲在厨房喊一声"放炮！"小院也同其他矿工之家一样传出了鞭炮声，煮饺子的母亲和院子里的我们一起仰望夜空中五彩缤纷的烟花盛开。回屋后，我们端起碗，吃上了香喷喷的饺子。零点的钟声敲响了，我们一家人和所有矿工家庭一样，和和美美、快快乐乐地又过了一个团圆年。

正是在擀饺皮儿、包饺子的实战中，我们姐弟三个都能随意切换包饺子的全套"工种"，且日渐精进了。直到今天，我还延续着来自父母言传身教的过年包饺子的传统，将两三个一分钱硬币洗干净，和饺子馅一起放入面皮包起来，谁在大年三十晚上吃上包钱的饺子，就意味着谁在这一年就会有好兆头。其实，这就是父母变着法儿让小孩子多吃几个饺子。

每个小孩子都是在一年又一年中经历风雨，慢慢长大，在一个又一个 365 天中期盼，在四季流转、添丁加口、父母渐老的岁月中度过。从 5 口人包饺子逐渐变成 8 口人、11 口人一起包。今年除夕，我们家围坐在一起包饺子的人数将增至 14 口。从父母来宁落户起家时只有三个兵，增加到一个班，由第一代建设者增加到第二代、第三代，成为一个大家庭。

买新衣

在只能填饱肚子，靠布票购买棉布的时代，"过年就能穿上新衣服，那真的是一种期盼！那时，我们过年穿的衣裤和鞋帽都是母亲手工缝制的，都带有母亲的体温。

采购年货是忙年的一部分，而为孩子购置新衣服则又是采购年货中重要的一环。孩子们不再期待过年穿上新衣裤，因为如今的矿工子弟在任何时候，只要看到有自己喜欢的服饰，随时都可以让父母买来，完全实现了"穿衣自由"。但当我很多次看到年轻父母带着孩子在琳琅满目的橱窗前让小孩子自己挑选喜欢的新衣时，不同父母的不同神情，还是给了我很多思考，让我联想到我带父母上街为他们买过年新衣服时的过程和细节。

年少时，父母花钱为孩子置办衣服似乎天经地义，小孩子穿在身上也欣然自得，但在孩子们完全有能力为父母添置新衣时，父母却显得是那样的不舍和心疼——不舍得花孩子的钱，心疼孩子的挣钱不容易。30 年前，在我和两个弟弟陆续参加工作后，在每个忙年时段，都会为父母买衣服。起初的那几年，一说要给老两口购置新年衣服，父母总是推托说："你们的孩子都还小，经济不宽裕，啥年不年的，平时还穿新衣服呢，过年非要穿新的吗？有穿的就行。"过年给父母买新衣服已成了件较费口舌的事。经过我们姐弟三人几年的不懈努力，从过年给父母买新衣都要费尽口舌，到二老自愿跟随进店配合试穿；从过年只给父母买内衣、袜子开始，到后来再加上买秋衣秋裤，到现在忙年时从头买到脚，从里买到外；从像我们小时候穿上新衣服喜形于色，到过年老邻居间串门子特意说是孩子给买的，在人前炫耀；从穿上新衣服自己在镜子前欣赏到与孙辈比花色、比款式、比布料。我知道，父母老了，是时候反哺他们了。

因此，我家的忙年，又增加了新的项目。进入腊八后就开始为两位年已八旬的老人采买新衣。

让忙年，忙出越来越多的精气神，凝聚出越来越多的中国味。

风中的老梨树

一

十八年后，我回来看望矿区的那棵老梨树。

它依旧吐着芬芳，果子饱满，如蜜似糖。一边守护阴凉，一边拥抱阳光。脚下，杂草过膝，没有人来看过你，但你，仍在风中摇曳，见证矿区昔日的辉煌。

父亲说，你是他种下的希望。

家兄说，你是他青春的模样。

二

那年，院子里的梨花开满了墙，主人接来山东的爹娘和膝下三个读书郎。每个中午，放学飞奔回家的少年，不等母亲的饭菜，不顾父亲的呼唤，躺倒在梨树下，只为梨树腰间广播里传来的评书《岳飞传》与《杨家将》。故事中的善恶、忠奸与美丑，发芽、开花又结果。

直到女生看到男生会脸红的年纪。

原来，看着孩子成长的梨树，读懂了少年的心事。

三

"小梨树，开白花。""梨花开，杏花败。"雨过后，梨花落了一地，煤泥和着粉尘的院落，色彩明朗。梨树下，母亲唱着儿歌，讲着矿工开采光明的故事，听着听着，怀里的孩子进入了梦乡。

四

院子里的梨树，墙外的杨柳，同饮着洗过煤的黑水河，蜿蜒于矿区，浇灌着花草树木，花艳丽、草茂盛、果香甜。地下采煤人，不见阳光雨露，内心却敞亮。

雪一程，风一程，刮走了阴霾，裹上了绿装。

梨树，有了更多朋友，成为风景。

面对你，心生欢喜，你让我看到了未来绿色的海洋。

星星点亮求学路

　　20世纪80年代末，我在石炭井矿务局一中读高中。那时，因家在乌兰煤矿，便和其他家住大峰煤矿、白芨沟煤矿等周边隶属石炭井矿务局的厂矿企业职工子弟一样需要住校。正常情况下，每两周坐长途汽车或绿皮小火车回家一次，向父母要生活费。在我的记忆里，有三次因没有赶上返校或回家的公共交通车，而搭乘机动车回家的经历。最难忘的是走夜路搭车回家的那一次。高一刚开学不久，我尚未清楚掌握学校到家、家到学校的这班长途汽车往返班次。周五下午放学后，我就在校门口等车。殊不知，在我站到校门口等车的前两分钟，回家的车刚刚经过校门口开走了。那是当天最后一班，我没有坐上回家的车。

　　家是要回的，因为高一刚开学，全年级十个班要进行大合唱比赛，要求女生穿白衬衣、蓝裤子，我一样都没有。要么回家让父母买新的，要么回家让父母向邻里去借。

　　我和另外一个也必须要回家的同学，背着装有饭盒、书本的书包，沿着经过乌兰煤矿唯一的路，一路向北走下去。

九月的天气不冷不热，路两旁稀疏的树木不足以遮阴，走十几步才能到下一棵。马路上，每有拉煤的车经过，都会掀起又浓又黑的尘土并伴有呛鼻的汽油味。我和她一直走着，心里都明白路还很远。走到马路尽头该拐上土路了，我们俩都松了一口气。在一棵稍大的树下歇息时，我们俩相互笑话起了对方，她说我像泥猴，我说她像花猫。

不敢耽误时间，我们沿着土路一直向北继续走，因为太阳已经落在西边的山尖上了。"要是不带饭盒和书本回家就好了。"我说。她说："那你咋写完作业？再说，你妈炒好的菜，没有饭盒你咋带到学校？"感觉肩上的包越来越重，真正体会到了老妈"千里不拿线"这句话的真谛。

这里已经是荒野了，周围没有房子，近处因干旱而过早枯萎的野草一簇簇、一团团，耳边不时传来蚊子的嗡嗡声。远处草窠里蝈蝈的叫声此起彼伏，看野兔跑过的视线也渐渐模糊起来。偶有风吹起，有鸟雀叽喳归巢，还有野驴在叫，忽远忽近。我们俩不说话，一个劲儿赶路。

偶有煤车经过，前车灯已亮，能看见稀疏的星星了。一眼望不到头的路曲折又漫长，除了我俩，旷野再没有行人。我俩开始害怕，两人的距离逐渐拉近，从肩并肩到手拉着手。

两个十六七岁的大姑娘走在夜幕下的旷野，那种害怕不言自明，心里打着鼓却不敢告诉对方，怕对方比自己更胆怯。我们借着星光走在路边，速度已经慢下来。为了壮胆，我们俩唱起了歌，"红军不怕远征难，万水千山只等闲。""横断山路难行，天如火来水似银。"这是我们班在即将参加的大合唱比赛中要唱的歌。此刻，没有音调，只是带着哭腔的呐喊。

我们都没有手表，不知道几点。也许快到家了吧，但路两侧还是没有人家，只是星星点灯。空旷寂静的星空下，身后传来手扶拖拉机的突突声，我们俩同时惊叫起来："有车！"驻足回首，内心忐忑，不知是惊是喜。灯光、声音由远及近，司机也看到了我俩，将车停在了我们身边。借着拖拉机大灯的光亮，三人对视几秒后，"怎么是你俩？！"司机说。开拖拉机的人是我俩的初中同学，他初三毕业没有再上学，学会开拖拉机后就以待业青年的身份上了班，经常跑石炭井到乌兰煤矿这条线路。我俩将书包扔在车斗里，爬过车帮，瘫坐在车斗里。"快点开吧，一步都走不动了。"三个人在拖拉机突突突的伴奏声下，扯着嗓子喊开了话，渐渐欢愉起来。我们两个描绘了石炭井一中的大致情况：讲了只高一一个年级就有十个班的规模之大，讲了住校吃食堂的所见所闻，讲了住校生一起上晚自习的相互影响与激励，讲了要举行大合唱比赛的欢呼与雀跃。"高中生活真让人羡慕。"他坚定地表达了想重返校园的强烈愿望，我们俩也为他加了油，鼓了劲。就这样，回家的路在热火朝天的喊话式聊天中变短，两个姑娘夜路中的所有担心害怕也都烟消云散。

时隔 40 年后，当我提笔写下这个故事时，当年旷野夜行的三个年轻人，早已走上了读书改变命运的相同的人生路。所谓的光辉岁月，并不是每个闪光的日子，而是无人问津时，可以随时想起的对梦想的执着与坚持。

一株红树莓的嬗变

一

常青村种有大片红树莓，因此而得名"常青红"。

我走进了常青红，是常青村的红树莓在唱歌吧？常青红的歌，清逸而悠扬。仿佛好多歌手在歌唱，有的轻悠，有的高亢……歌声如细碎的阳光，在枝头跳跃，在村中飞翔。当我走近红树莓时，我找到了真正的歌手。

瞧，每一株树莓旁，都有许多小蜜蜂。每一只小蜜蜂，都爱唱歌。

小蜜蜂的歌，从树冠洒下，在枝叶的缝隙里流泻成金色的阳光瀑布；小蜜蜂的歌，挂在枝头的叶片上，结成晶莹的露珠；小蜜蜂的歌，落在枝头的红果上，五瓣绿色花萼雨伞样风雅；小蜜蜂的歌，飞入地埂田垄间，变成了深加工、能储藏的冻干果；小蜜蜂的歌，翻山越岭进入酒厂，成为寻常百姓家杯中的玉露琼浆。

小蜜蜂的歌，汇成了常青红的歌。

二

如果说红树莓是生活的甜味剂，那么，红树莓酒就是爱红树莓的人心中的白月光。

观色——清澈透明，犹如琥珀，没有杂质；挂杯明显，酒线轮廓清晰，像丝绸一样绵柔，稠润不坠；酒花细密、均匀、持久，酒质醇厚。

闻香——"酒香不怕巷子深"，初嗅酒的前香，酒香明显，舒适优雅，不刺鼻；深嗅酒的体香，植物香、果香、醇香、酸香……很有层次感；饮毕，空杯留香，悠远绵长，经久不散。

品味——舌尖有甜酸的味道，舌侧有点微涩，舌根有点微苦，咽部有点甜，绵柔醇和，十分舒畅。一口下肚，肠胃瞬间暖起来，温暖的酒味与酒香还留在口中，啧啧回味，悠远深厚。

颜值唯美，色泽温柔，口感香滑，品质优选，像雪中的樱花，像水中的宝石，像空中的月光。这是初见、初饮红树莓酒的第一印象。

三

归雁掠过，已不识旧时村落。

常青村一地翠绿，红树莓株枝相连，生机无限。

曾离乡打工谋生的年轻人，现已成为家乡红树莓种植的行家里手，乘上脱贫攻坚和乡村振兴的列车。"红树莓采摘节"品酒赏景，笑谈致富经，从日出东方到夕阳西下。沉醉不知归路。

只管走过去，不要逗留于一朵花，因为路上，花朵会继续开放。由花到果，再酿成酒，酒才是花朵唯一不褪色的优雅。

贺兰山下的美丽村庄，绿水青山就是金山银山。

小城故事

　　当绯红的太阳跃出贺兰山间时，星海湖湖面细浪跳跃，碎金闪烁。小城大武口迎来了崭新的一天。朝阳西街在朝阳中热闹起来。

　　迎着朝阳行走在上班的路上。朝阳西街与台湾路的十字路口遍地金黄的落叶已经被清扫得干干净净，马路上人来车往。行道树下，一名环卫工人放下手中的劳动工具缓缓坐下来，随手拿出了一本书。我很好奇，走近她一探究竟。因为看到有环卫工人在树下读书，已经是从春天就开始的事情了。我看到她手中拿的是中学语文课本，每一页都密密麻麻写了好多字，有注音、有解释。字体不规范，有铅笔也有中性笔留下的痕迹。环卫工人粗糙的双手和包裹整齐的书皮形成巨大的反差。从交谈中得知她只有小学文化程度，有一个正在读中学的儿子。她说："读书好，我看书，我娃就知道努力。"这是一位了不起的母亲啊！让我肃然起敬。一位懂得用言行教育孩子的母亲，严格要求自己向上，对未来充满希望、积极努力，坚信读书改变命运，眼里有光、心中有爱。

这是为孩子系好人生第一粒纽扣的好妈妈。

　　大风卷起了落叶，太阳渐渐落山了，街上的行人急匆匆赶回各自的家。在朝阳西街市小学门口的长椅上，有小哥俩正趴在上面写作业，马路对面金山小区门口他们的奶奶在叫卖着苹果。弟弟的作业本上汉语拼音"a"写得整整齐齐、规规矩矩，绿色的军用书包放在身旁。寒冷的冬日，冻红的小手写出了整齐的汉语拼音，这是一个很懂事、很要强的孩子。刚下班路过此地，看到此景的年轻女教师毫不犹豫地将两个孩子带进了教学楼。女教师用温水给孩子们洗过手后，让孩子们坐在温暖的教室里继续写作业。我在心里感叹：奶奶要趁下班高峰期多卖出些苹果，要为兄弟俩明天的生活奔波，要为孩子日后的费用而操劳，是她用自己柔弱的双肩扛起小哥俩的天！而我们的教师，有着润物无声的博爱、"学高为师，身正为范"的德行，寒冷的日子里，她用行动温暖了孩子幼小的心灵，让这座小城有了善良与美好的传递，有了坚守教育初心，忠诚不变的本真，有了对微笑与无言即大爱的褒奖，有了帮助弱小、点亮希望的光芒！

　　夜色中的朝阳街华灯初上。吃过晚饭，我在朝阳西街尽头的森林公园大门口遛弯，看到有五六个年轻人正在将马路两侧损毁不亮的路灯换下来重新安装。车载曲臂式升降机来回移动着，小伙子们随着升降机的移动，爬上爬下，拧下坏掉的旧灯罩，换上新灯管和灯罩，流水作业，很是熟练。每根电线杆上都有 13 个灯管和灯罩，只要有一个灯管或灯罩坏掉就要爬上去更换。寒冬中，要爬上爬下多少次才能维修好整条朝阳街损毁的路灯？夜幕下，朝阳街的路灯像盛开的莲花，亮如白昼，为晚归的行人辨清方向、指明道路，为静夜平添温暖与欢愉，向所有心向光明，回归家庭的人敞开怀抱。可您关注了幕后的维修和养护吗？望着车载升降机上忙碌的年轻人，我忽然内心好暖，驻足仰视了好一会儿。年轻人，也许此刻你的母亲正在灯下期盼你回家吃饭；你的恋人在心里默念你好多遍："亲爱的，你在哪儿？"

观赏山水园林、锦绣繁华的城市，听楼下孩童嬉戏的欢笑，闻楼上学子琅琅的读书声……没有比这更和谐、更温暖的日子了。可在我的目光里，究竟还有多少城市的风光被我遗漏呢？平凡的小人物才是这座小城万千景致中最亮丽、最有温度、最有情怀的风景。

情暖朝阳西街，小城故事多。

人生风景

踏着春色，走进花开成海的北武当河生态公园，映入眼帘的是清晨时光中绽放的每一朵花、每一株草。

当怒放的桃花与缤纷的海棠遥相辉映时；当烂漫的樱花向馥郁的丁香招手问候时；当芬芳的沙枣花香融入满园各异的花香中时；当年少俊俏的容颜与童真稚嫩的笑脸凝望对视时；天边，如锦似霞，眼前，美好如初。

暑期的傍晚，一位鹤发童颜的老人和一群如花少年坐在河边的奇石上，孩子们拿着画板作画，老人不时指点一二。夕阳、晚霞、河水、老人和孩子，构成了一幅动人的画面。无论是春花秋月的最美时节，还是夏雨冬雪的燃情岁月，总有快乐的歌声、悠扬的乐曲在公园里回荡。一群精神矍铄的老人或吹着萨克管、或敲着爵士鼓、或拉着手风琴，有时是合唱、有时是舞蹈，虽不算专业，但这优美的歌声、这轻盈的舞姿无不源于心，形于色，表于情。

岁月如花，芬芳静好，余生璀璨。

"秋来谁为韶华主，总领群芳是菊花。"花中四君子唯有菊深得我爱。百花凋零时，菊却花开一场盛世，野菊遍地，星星点点，姹紫嫣红。至此，我想到了遍布石嘴山大街小巷的凉皮子摊位——用品牌情怀温暖一座城市，用品牌文化美化一个时代，用品牌战略定格一串记忆。

不远处，一家三口缓行于在崭新的健康步道上，爱花的小姑娘俯下身子，将脸庞置于路边一朵盛开的菊花之上，闭上眼深深地吸了口气，那娇艳、陶醉的样子，让我满心欢喜。爱人所爱，美好共享，让我看到了我所居住的这座小城灿烂美好的明天。

"忽如一夜春风来，千树万树梨花开。"一场大雪后，北武当河生态公园银装素裹，辨不清哪里是河水，何处是岸边。虽不及张岱的"雾凇沆砀，天与云与山与水，上下一白"，但远处高耸逶迤的贺兰山和近处现代的建筑元素融为一体时，却都为此处洁白无痕的景致平添了婉约与妩媚。

一尘不染的雪地上，手牵手走来一对年轻人，"择一城而居，遇一人白首。"一系列好政策的出台，为有为青年回乡大显身手、实现抱负提供了广阔的舞台。女孩子说："喜极了这雪的味道，冰凉轻柔，入口即化，还带有一丝清甜。"这该是我们塞北小镇特有的家乡味道啊！

寒来暑往荡漾生命轮回，一路芬芳见证四季花开。北武当河四季的诗歌里，风吹叶落花如雨，为路上奔跑的人捧出馨香一片。

第五辑　他山之玉

回到山川的记忆深处

——读袁宝艳散文

刘　均

　　故乡，对于一个人的影响是刻骨铭心的。那里是一个人成长的地方，造就了一个人的性情，也会潜移默化一个人的一生。俄罗斯作家巴乌斯托夫斯基把这种影响称之为"最伟大的馈赠"。

　　袁宝艳生长在贺兰山深处的石炭井，是矿山抚育的女儿，她的才情和灵性都是这山川矿脉赋予的。袁宝艳常年从事教育工作，在繁忙的工作之余回想起从前的点点滴滴，以笔记录下了某种早已消逝不见的生活，不至于遗忘，也或许仅仅心有所感，心有所系，还有一些牵挂和不舍。就像张炜小说《河湾》中的一句话："人这辈子就像一条河，到时候就得拐弯。"对于袁宝艳而言，人到中年写下的随笔就是自己的"拐弯"。在经过了半世忙碌后，精神最终又重回故乡。散文或者说随笔的创作之于袁宝艳，是一种颇有烟火气息的精神现象，扑面而来的是在流连山川、吐纳生活气息的生命的自觉，有着一种更高立意上的对自我的重新确认。

结识袁宝艳源于数年前的约稿，当地媒体准备开设一个专门写家乡故事的文学专栏。那时的她早已开始了自己的散文创作，散文的篇幅不长却几乎无一例外地写到家乡石炭井——一个贺兰山深处的矿山小镇。对于后来者来说，她笔下那些生活细节早已逝去无从想起，譬如在《看这人间烟火》《记忆中不能忘却的味道》《一条大河，一脉乡情》《温暖岁月的火炕》等篇目中，写到的腌酸菜、晒秋、手工制作煤油灯、睡火炕等，甚至是油浸枕木散发出的煤焦油味儿、煤矿开采冒出瓦斯弥漫在山间的气味……这些旧日生活的碎片被她从记忆的河流中打捞出来，一一擦拂去尘灰还原如初，使后来的人看得越发清晰，知悉长辈、逝去时代的人们到底是如何生活的。或许有心之人暗自从她的文字中察觉出旧日生活的艰难与困苦。而这些困苦，往往正是一般人试图逃离和躲避的。但是，细读之下又不觉得她的文字里有任何的悲苦，反而是因为她的视角、她的心态，她对那片土地全然的敬畏和接纳让人产生了一种赞叹。昔日老辈人从遥远异地迁徙而来的心安与达观，随着时代的巨变愈来愈罕见和稀缺。生活本来的面目或许就是困苦，不同的时代、不同的人往往遭遇各自不同的困苦。唯一的区别在于，我们到底该如何渡过暗流涌动的生活之海？

　　阅读袁宝艳的散文，更像是一场时光的回溯与逆流，文字平实淡然，率性而作，同时又有掩盖不住的温暖，组成一幕幕"含泪的微笑"，连缀起时间流逝中的琐碎日常。她笔下的奶奶、姥姥、父亲等长辈的生活态度是强大且恒久的，令身边幼小孩童不再畏惧生活的变故或者困苦，像是没有携带行李的旅人迎着风雪前行。这种幸福感只滋生于内心，和外部的现实秩序没有一点关系。正像她自己所说："若不是每晚窗前灯下的遥望，我的牵挂于谁？我的喜乐又何在？"只有常怀感动、心中有爱的人才能有如此的写作灵感，才能写得出这些涌动着温暖的文字。

　　袁宝艳散文的另一种魅力是记录故乡贺兰山，写出了诸如《我的贺兰山》等记录贺兰山的文字。如同最初的抚育和馈赠，生于斯长于斯的山川，再次慷慨地赋予了袁宝艳创作的激情和灵感。她着迷于这个深山小镇的事物，譬如山中色彩斑斓的深秋，譬如长风吹过的矿山，沿山而居的老房子等都成了她文字中经常出现的事物，仿佛贺兰山是一个守望相顾的家人，有着一种亲切，一种赐予。它一直斯守于斯，馈赐一方。她并不像时下作家采风般的行走文学创作或者生态文学创作，她写下的是活生生的贺兰山，是正在吐故纳新的贺兰山，譬如写乌兰煤矿的变迁。这种精神的还乡，才是一种真正意义上的在场。

　　天地悠悠、长长思远，伴随着时代的巨变而来的新风貌，变化中的矿山也成了某种新鲜的风景，并在她的叙述中、在后来人的内心中慢慢生长起来，最终可能会凝结为新一代人的追求、希冀的精神图谱。

2023 年 8 月 22 日

教育情，文学梦

——袁宝艳散文印象

陈　斌

　　宝艳老师和我是同行，我们虽然在同一城市，但见面次数着实不多。记得有一次市作协搞了一个座谈会，我们初次碰面，只是简单地寒暄了几句，并未深入交流。后来才知道我们都在教育行业，而且教的都是语文学科，加之都有着一腔文学热情，所以感觉格外亲切。

　　作为一个后生晚辈，我对袁老师的写作所知甚少，对她笔下钟情描绘的这片土地和那段令人荡气回肠的经历都不甚了解。我只知道她爱好写作，但没想到她多年来居然笔耕不辍，从1986年开始创作一直坚持到现在，而且老而弥坚，愈加迸发出创作的热情，这不得不令人感佩。她的文章在各类刊物中频频发表，并在各级各类征文比赛中屡获奖项，但一个创作者的成功并不能用简单的发表与获奖来衡量。聚沙成塔，集腋成裘。夜深人静之时，一篇篇鲜活的文字从琐屑的日常生活中抽离出来，情感得以纾解，人生得以升华。且不说文学艺术本身的价值，就其多年来将自己的生活体验与教育情思化为点滴的文字诉诸笔端，这份诗意浪漫的执着追求就足以令人肃然起敬。

散文之散应该是散步之散、散淡之散，是身与心的双重放松。那些成熟的散文家大多以经历取胜，因为那里面有自身的情感底色做保障。在经历世事之后，闲庭信步，一切变得风轻云淡，去留无意。因此我们会发现有些人将自己的一生熬成了一篇大散文，不需要多少渲染就能将读者带入其中。

袁老师的散文在常规书写亲情的同时，更多了一份独特的审视，像是在深思，在与自己的过去道别，又好像是在回望那段难以抹去的记忆。缱绻情思缓缓道出，像是努力要将自己从情感的漩涡中突然抽离出来一般。在《父亲给我盖被子》一文中，看似书写的是极为平淡、极为普通的父女亲情，但浓郁的父爱背后却折射出我们当下该如何面对亲人老去这一现实，字里行间流露出的是对亲情的深入思考。像她的其他文章一样，体量虽小，但意蕴极为丰厚，往往给人一种洗尽铅华之感。在《看这人间烟火》中，她细心深入早市描摹世间百态，通过晒秋、打牌、腌菜等一系列极为典型的场景构成一幅完整而鲜活的小城生活图景。她说，要"在每一寸草木光阴里深情留恋，在每一碗人间烟火中知趣分享，在每一处四方小院守应景流年，闲品岁月，慢煮时光，何尝不是一种澄明通透的开怀呢？"有如此开阔明朗的体悟，分明是早已将生活剪裁出了人生诗意。许多人将散文等同于美文，但散文之美绝不是简单的文辞之美，更应该是意蕴之美、情感之美，是一种"豪华落尽见真淳"，文与质齐飞的和谐之美。在她的诸多文章中，尤为打动我的是她写于 2017 年的一篇名为《清秋月下教师情——写给聚少离多的爱人》的文字，这是一封一位从教 30 年的老教师写给两地分居的爱人的真情告白，但通篇文字并没有局限于个人的小情思，而是以一位教育工作者的眼光和心态去看待自己的人生，其中的所思所感让人动容。她说："教师如候鸟，守望来年新到的雁群；教师如船夫，将一批批渡客送往理想的彼岸；教师如哨兵，风雨中坚守信念永恒的讲台。"这话不像那些故作高深的伪抒情，而是完全发自肺腑，以一个过来人的视角思考教育人生。

当然，在她的笔下，最为重要也最为独特的就是书写出了一批风格鲜明、极富特色的矿区题材的散文。她以女性散文的细腻笔触让我们深入领略了石炭井、乌兰煤矿等那些远去的记忆符号，让读者对那些鲜活的名词有了更为感性的了解。她用心书写，用情体悟。矿区的一缕炊烟、一抹灯光在她的笔下都变得温情脉脉，富有诗意。这些文字以小见大，从点滴生活入手，内容与情感相得益彰，不浮夸、不虚饰，饱满而真挚。如她通过书写矿工住房实现了三级跳，来讴歌党的好政策带来的生活变迁，不仅赞美家乡石嘴山，感恩幸福人生，更是对塞上煤城发展变迁的真实记录和有力见证。在《一段情的前世今生》一文中，她真切表达了一个宁煤人对脚下土地的执念。一篇《我与绿皮小火车的故事》，更是以自身成长作为参照，描绘时代变迁，书写世道人情。如她在《我触摸到一座城的温度》一文中饱含深情地说："在如炬心灯的精神力量支持下，凝聚成满天星光，万千矿工散落在贺兰山中百里煤海，为建设西北、开采能源、发展经济贡献青春和全部的力量。"

这些简单而朴素的文字看似是催人奋进的口号，实则是发自肺腑的有力感慨，也许只有深切经历的人才能真正理解。当下的石炭井正在转型升级，从当初煤炭工业之城，正慢慢蜕变为新兴的文旅小镇，这些简单的文字既是愿景也是希冀。如她在《一段情的前世今生》一文中所说，"手持烟火以谋生，心怀诗意以谋爱"，她的文字是以沧桑岁月为底色，经过绵密厚实的情感浸润，最后用心力凝结成的艺术品。她写矿嫂、写两地分居，完全是现身说法。"与矿山千丝万缕的联系，怎一个情字了得！""世界上再美的风景，都不及回家的那段路，何况我还怀揣着为你而来的爱意，不在乎穿越绵绵山脉的苦。一程一路的戈壁荒漠擦窗而过移步换景，一山一洞的长短隧道呼啸穿越柳暗花明，一花一草的装饰点缀瞬间远去桃红柳绿。"心中的爱在笔尖流淌，汇成了一幅绝美的抒情画卷。

近年来石嘴山大力提倡"城市文学，工矿文艺"，深入挖掘一批富有石嘴山特色的文艺精品力作，相信袁老师的矿区题材散文会有更为生动广阔的面貌，定会为我市的文学名片增添一抹靓丽动人的色彩。散文写作就像是一场一个人的旅行，一次深入灵魂的对话。它不仅仅是简单的经历分享、情感梳理，更是一个不断发现自我、认识自我的过程，正如袁老师在文章中所说的那样，"旅行最大的好处，不是见多美的风景，而是走着走着，在一个际遇下，突然重新认识了自己。"有如此感悟，可谓深得生活的精髓、文学的奥秘。

每一位语文人或多或少都在心底会有一颗文学的种子，它或暗藏潜伏多年，或默默生根发芽，或茁壮成长为参天大树。作为一名教师，几十年如一日地默默付出，那些无尽的琐事一点一滴地消耗着最美的青春年华，你要说具体干成了什么，一时半会还真说不上来。如人饮水，冷暖自知。只有那些亲自带过的学生最为清楚，只有曾经走过的路懂得自己的甘苦。正如袁老师在文章中引用泰戈尔在《飞鸟集》中的那句话一样，"天空没有留下翅膀的痕迹，但我已经飞过"。我想这就是一位教育工作者最真实的内心写照。

教育梦也是文学梦，二者相辅相成，饱含无尽深情，如初升之暖阳，如夏夜之凉月，温柔地守候，相遇便是一生。

在生活的底版上书写记录

——袁宝艳散文品读

王淑萍

一个人对故乡的情感，饱含着历史的容量。翻开袁宝艳的散文集，"矿区"是出现频率最高的一个词。无论是写亲情、爱情还是生活、工作，她的笔触都情不自禁地伸向矿区——那是她半生光阴跋涉尘世留下脚印的地方，也是她心头常年缀挂露珠的地方。

"父亲于 20 世纪 60 年代中期响应号召来到西北，在原宁夏石炭井矿务局乌兰煤矿参加工作，直到退休。我出生于乌兰煤矿，1990 年大学毕业后回到矿山，做了中学教师，服务于矿工子弟。1995 年嫁给了同是"煤二代"的矿工，成为新一代矿嫂。"这是书中《一段情的前世今生》一文的开篇，这样的文字，质朴无华，平淡天然，如朴实的乡村姑娘，虽然缺乏浓妆艳抹的妩媚风姿，但散发着一种天然的本色之美。

事实上，这本文集自始至终都是这样的叙述风格，这是袁宝艳散文的最大特色。

乌兰煤矿是袁宝艳的故乡。她生于乌兰煤矿，长于乌兰煤矿，白衣苍狗，斗转星移，她永远都是矿山的女儿。住在矿区低矮潮湿的窑洞里，她目睹了"父辈们在千里戈壁人拉肩扛竖起大旗，立起井架，架轨铺路，硬是在贺兰山腹地风吹石头跑的蛮荒之地，建起一座座井口，向地下挖掘煤炭绵延数千米"。成为矿嫂后，当她走进丈夫工作的矿井，看到"低矮潮湿的巷道，不时有渗水从头顶滴下，深一脚浅一脚的路面时有铁轨和枕木阻隔。井巷深处机器轰鸣，矿工猫着腰铺轨架梁"后，她努力活成好矿嫂的样子，为丈夫营造了一个安暖的大后方。有了孩子后，她带着孩子翻山越岭坐上绿皮小火车回矿探亲，"火车上，我给儿子讲着他儿时骑在爸爸脖子上跋山涉水的故事；讲着矿工们井下采煤的艰辛与劳动的快乐；讲着同一车厢邻近座位上李阿姨和矿工王叔叔的爱情故事……"她以这样的方式，表达着对矿山、对矿工的热爱与深情。

20世纪六七十年代出生的人，大多经历过物质上的贫困。袁宝艳对贫困的记忆是这样的："在父亲拿出盆准备洗粉条的那么一小会儿，站在锅台边的我们姐弟三个快速将粉红色的菠菜根一股脑儿揪下，不声不响放在嘴里大嚼起来。待父亲转过身的时候，原本成把的菠菜此刻横七竖八，且都没有了根部。父亲看到嘴里还在咀嚼菠菜根的我们，一下子明白了，但并没有批评我们三个，继续做饭。"（《刻在骨子里的记忆》）矿区生活虽苦，却在记忆中留下了不能忘却的味道："大大小小的矸石从轨道两侧滚动着飞奔而下，我们一大群孩子等翻滚的矸石停稳后，争先恐后地挥动手中耙煤用的四齿或三齿的小耙子，跑向刚刚卸下的矸石夹带的小块煤堆，闻着矸石和小煤块独有的臭鸡蛋味道，快速地将大小不一、形状各异的煤块抢到自己的篮子或袋子里。"（《记忆中不能忘却的味道》）"父亲站在窖口，将绳子系在我的腰间，小心翼翼地将我送入菜窖底部，待我站稳后，父亲就会扔下一个布袋，我往袋里装上一棵白菜和几个土豆，有时还装两个萝卜。父亲在上面问：'可以上来了吗？'我说可以时，父亲就会将攥在手里的绳子的一端放下来，我系好绳子，抱好这个布袋后，父亲才徐徐将我从窖下连同装着菜的布袋一同拉上来。"（《菜窖，岁月不了情》）

这些场景、这些细节，如果没有亲身经历，身在其中，是断然写不出来的。作家选择题材，题材也选择作家。鲁迅先生说过："散文的题材，是大可以随便的。""随便"二字，是说散文题材无禁区，是散文选材的宏观品质。但具体到每一位作家，就应当而且必须写自己有生命体验和情感体验的题材，只有尊重自己的经历，将自己熟悉生活中的素材进行萃取和提纯，才能因自己的心灵震颤，引发读者的共鸣。

正如铁矿石，含铁质多的富矿，可以直接用来炼钢炼铁，但再好的冶炼技术，也无法从花岗岩中冶炼出一丁点儿的钢铁来。

每个时代每个地域的人，身上都脱不开那个时代和那片地域的特色。时代大潮奔涌向前，作家通常都扮演着史官的角色，是时代的参与者，也是记录者。那片名叫乌兰煤矿的地方，为作家提供了源源不断的精神养料，多少刻骨铭心的矿山往事，都存放在了时光的角落，无论过去多少年，一片霜叶、一帘月色、一阵雨声，都会撩开那尘封的光阴。因此，在离开矿区后，她把回忆、牵挂、思念等千般思绪万种情感寄托在笔下，借用文字深情地记录和回望着那片记忆中的矿区，读者才有幸从她的文章里，窥见一个矿工家庭两代人的奋斗史和一个时代的变迁史。

就像在什么场合就要选择穿什么衣服说什么话一样，作家选择什么样的题材就要选择与之契合的语言格调。作为矿山的女儿，袁宝艳在创作语言的运用上自然呈现出一种质朴、简单的风格。比如"白日里，看见大人们把用完钢笔水的玻璃瓶装上煤油，用一小块牙膏外皮做成空心管筒，放入用棉线拧成的细绳，细绳穿出管筒口，两端各留出两三厘米，在墨水瓶盖中央凿出个刚好可以放入管筒的孔，将管筒插入孔中，盖好瓶盖，瓶颈上套个可以手提的铁丝拧成的圈，这样一个手提煤油灯就做成了。""楼间砖铺小径上整齐地摆放着大白菜、大葱，你家的连着我家的，我家的挨着他家的。两个窗户的防护栏间，有铁丝相连，上面吊挂着绿绿的、长长的芥菜缨子，散发着淡淡的辛辣味。两棵大树间的绳子上，高挂着五颜六色的被褥，有人正用竹竿有节奏地敲打着……"这样的叙述，似乎不动声色却将生活的质感和美感不着痕迹地结合了起来，读来满满的人间烟火气。那些童年的记忆犹如晨星，清晰而高远，那些邻居街坊则如门前流淌的小溪，熟悉而亲切。袁宝艳的文字，不事雕琢，一派质朴，字里行间流露着真情实感，无须过多渲染，所有的情感都沛然而出。

这样的文字，和她书写的关于矿区的内容相辅相成，浑然一体。

写作，是一件极富个性化的精神活动，一个作家，一旦有了自己的观察角度和言说方式，也就有了自己的人文情怀与写作立场，这样的写作也就有了独属于个人的语言气质和切入读者内心的触点。

袁宝艳的情怀是真挚的、温暖的，充满着积极向上的能量。比如，四楼贪玩的孩子不愿意回家，她打开二楼的窗户帮着孩子的妈妈劝孩子回家，直到看到孩子进了单元门，她才关窗忙活自己的事。比如，一个寒冬的后半夜，她听到有人敲门，连忙起身打开门，得知是一楼的大爷半夜解手摔倒后起不来，而大娘因眼睛看不清电话号码，拨出几次都不是自家儿女的电话后，一边让儿子找人帮忙，一边跟随大娘到家里，拨通急救电话和老人儿女们的电话，并对大娘做了安抚。还有，当看到看书的环卫工母亲时，她肃然起敬；看到寒风中修理路灯的工人随着车载曲臂式升降机来回移动的身影，她的内心也被灯光照亮；看到年轻的女教师将路边写作业的孩子带回教室，她欣喜"，她用行动温暖了孩子幼小的心灵，让这座小城有了善良与美好的传递，有了坚守教育初心，忠诚不变的本真，有了对微笑与无言即大爱的褒奖，有了帮助弱小、点亮希望的光芒！"读着这样的文字，沉浸在作者传递的温暖里，不知不觉竟生出一种幸福来。

世界在每个人眼里都是不同的，这取决于个人看世界的角度和内心的修养。一个内心温暖的人即使在雪山之巅，也能感受到太阳的温暖。袁宝艳是温暖的，她笔下的人物也是温暖的：那对每年过节都给楼里每家每户送油香的小夫妻；捡拾垃圾、捐款捐物并鼓励儿孙拿出零花钱给孤儿院孩子的八旬父母；坚持无偿献血的弟弟；手指被学生不小心砸伤却忍着疼痛假装轻松地说没事的老师，发现真相后写下"善意的谎言，为一个做错事的孩子弥补了内心深处的不安"并在老师长出新指甲前主动为老师拿教科书、擦黑板的学生；为偷辣椒的"我"送来咸菜、为保护女学生隐私，用"一只大脚快速地踩在这个"丢人"的东西上，准确地封闭。"而原地站立40分钟左右的孙老师……这些发生在生活中的平凡小事，被她用温暖的笔触记录了下来，一切都自然、真实、本色、活脱。那些我们熟悉和不熟悉的生活，认识和不认识的人物，就这样在她质朴温暖的叙述里亲切着，像是农家炕桌上的一盘地三鲜，无论红装还是绿颜，都透着满满的家常味。

真实是散文存在并且追求优秀乃至完美的必要条件。梭罗的《瓦尔登湖》、王勃的《滕王阁序》以及朱自清的《荷塘月色》等作品之所以打动人心，离不开真实的自然与情感。散文写作的风格丰富多彩，可以平铺直叙，可以激情飞扬，可以轻松愉悦，可以悲情哀婉，但唯一不可以的是不真实。情感的真实，直接关系的是散文的本质和生存质量。袁宝艳的作品少有大开大合的磅礴气势，却如清水芙蓉，贵在自然真实。对生活的反映是自然真实的，情感是自然真实的，语言是自然真实的。她写作的素材自始至终没有离开她脚下的土地，从山上到山下，从矿区到市区，从父母、亲人到街坊同事，她的生活是大多数矿工子弟生活的缩影，她的父母，是支援大西北建设年代所有建设者的缩影。

读的是文字，品的是心性。文学不妄断是非，只呈现美丑。尤其散文写作，人生百态，苦乐悲欢，在进入作者的写作视域后，就已经染上了她自己的心灵底色，其作品也就成了作者自身的美学呈现。没有空洞的口号，没有华丽的铺垫，袁宝艳在她的生活底版上静静地书写着自己的故事，一千个读者一定会读出一千种人生来。